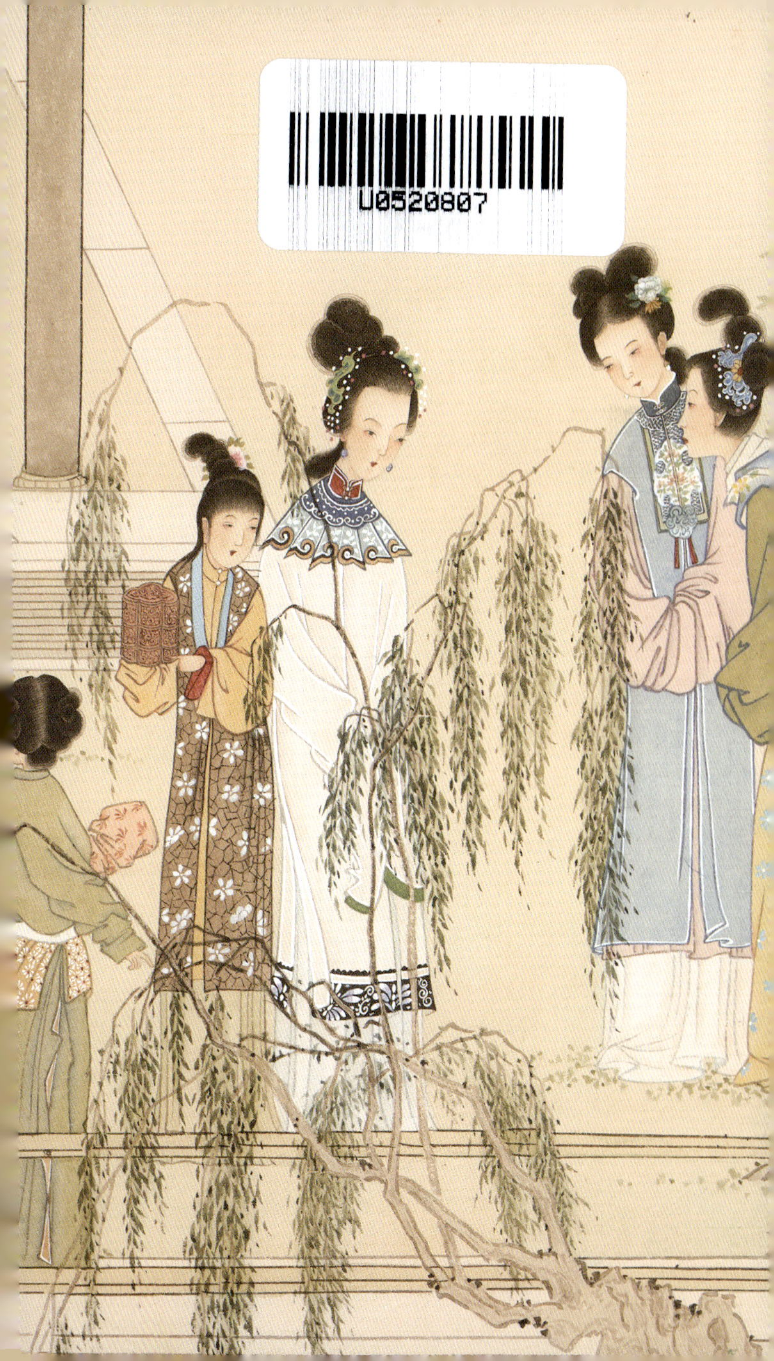

# 一生筑一梦

## 红楼人物集

陈晓 ◎ 著
[清] 孙温　陈月 ◎ 绘

江西美术出版社
全国百佳图书出版单位
江西·南昌

# 序

张爱玲先生说："人生有三恨：一恨海棠无香，二恨鲥鱼多刺，三恨红楼未完。"自红楼诞生至今，研究红楼的书足可称汗牛充栋。或索隐，或考据，或推衍，或敷设；或谈政治，或言情事；或评美学伦理，或论悼明揭清……林林总总。续书续写更是层出不穷，从清到民国至今，完整出版的不下四十种。学术研究和民间爱好共存，国民热度经久不衰。一部残缺的《红楼梦》正是罗兰·巴特"作者已死"主张的最好注解。

乾隆五十六年（1791年），程伟元、高鹗在萃文书屋以木活字首次排印了一百二十回本《红楼梦》，后世以"程甲本""程高本"称之。其封面题作："绣像红楼梦"。扉页题："新镌全部绣像红楼梦萃文书屋"。其中绣像共二十四页，是目前最早出现的清代印本。可以说，《红楼梦》这部小说从出现在大众面前的那一天起，就是和绣像一起流传的。

文人有以《红楼梦》为题材来进行图像创作的想法，最早可追溯到《红楼梦》尚未完全成形之时。早期手抄本中，评书人就已经在批语中流露出绘制《红楼梦》图像的意图。《红楼梦》庚辰本第二十三回上有脂砚斋于己卯（1759年）冬在有关黛玉葬花的情节段落上

一 生 筑 一 梦

的一则眉批，云："此图欲画之心久矣，誓不遇仙笔不写，恐亵我颦卿故也。"又畸笏叟在丁亥（1767年）夏于同一处写下一则朱笔眉批："丁亥春间，偶识一浙省（新）发，其白描美人，真神品物，甚合余意。奈彼因宦缘所缠无暇，且不能久留都下，未几南行矣。余至今耿耿，怅然之至。恨与阿颦结一笔墨缘之难若此，叹叹。"可见大家都曾有过由文思图、苦思妙笔而不可得的想法。究其原因无非是小说人物逼真动人，令观书人向往亲眼一睹其风采。图像的优势就在于其直接作用于感官，《阴符经》曰："心生于物，死于物，机在目。"视觉感官直接关联内心起伏，图像在展现人物方面的本领不容小觑。

在没有电影、电视和视频的时代，红楼粉丝们在读到"梦中人"前，先翻开看到的是"画中人"。此后随着故事的展开，他们又曾经多少次翻回到"绣像"页，来欣赏和幻想自己心爱的角色呢？无从知晓。我们所知道的是，自十八世纪晚期以来，清代《红楼梦》小说的插图、写真、画作以及日常生活中的实物图像和视觉化产物层出不穷，几与"红学"研究的浩瀚可比。这是一个非常有趣的现象，在同一个故事母体之下，图像与文字各自展现所长,相映成辉。清代《红楼梦》的图画世界明明是"无中生有",托幻而生,却又是那么实实在在地存在于日常生活之中。

古人云:"文者无形之画,画者有形之文,二者异迹而同趣。"让自己的偶像角色们活色生香吧,这是原著粉的终极梦想,的确令人悠然心会而快意顿生。本书就是闲话逸谈,聊聊、看看清代红楼的"梦中人"和"画中人"。

## 第一话 无瑕玉 — 贾宝玉
绛洞主护花怡红 …… 一

## 第二话 枉凝眉 — 林黛玉
绛珠仙泪光点点 …… 一五

## 第三话 聪明累 — 王熙凤
凡鸟偏从末世来 …… 三一

## 第四话 金玉缘 — 薛宝钗
任是无情也动人 …… 四三

## 第五话 真应怜 — 香菱
菱花空对雪澌澌 …… 五九

## 第六话 好事终 — 秦可卿
情天情海幻情身 …… 六九

## 第七话 恨无常 — 贾元春
原应叹息大梦归 …… 八一

## 第八话 分骨肉 — 贾探春
千里东风一梦遥 …… 九七

## 第九话 率天真 — 史湘云
霁月光风耀玉堂 …… 一〇九

## 第十话 世难容 — 妙玉
无瑕白玉遭泥陷 …… 一二一

## 第十一话 空牵念 — 晴雯 袭人
彩云散和花解语 …… 一三七

## 第十二话 终身误 — 柳湘莲 尤三姐
冷面郎与美烈娘 …… 一五一

## 第十三话 老寿星 — 贾太君 刘姥姥
享福人和留余庆 …… 一六三

## 第十四话 浊男子 — 薛蟠 贾琏
呆霸王和纨绔儿 …… 一七五

## 第十五话 剧透谜 — 薛宝琴
朱楼梦与水国吟 …… 一八九

## 结语 …… 二〇〇

## 第一话

# 无瑕玉

绛洞主护花怡红 · 贾宝玉

"溪壑分离，红尘游戏，真何趣？名利犹虚，后事终难继。"[1]京都荣国公贾府二公子出世，一落胎胞，小儿口里便衔下一块五彩晶莹的通灵玉来，因而取名贾宝玉。毋庸置疑，贾宝玉是《红楼梦》作者倾注心血和情感的绝对男主角：他拥有高颜值（"面若中秋之月，色如春晓之花"）、高出身（荣国府嫡派子孙，贵妃胞弟）、高情商（对"女儿"们"昵而敬之，恐拂其意"），是林妹妹、宝姐姐、袭人、晴雯、麝月等一众大观园少女们的心中所爱。

第三回男主闪亮登场，他穿着"大红箭袖""外罩石青起花八团倭缎排穗褂"，脚蹬"青缎粉底小朝靴"。什么是排穗？排穗是一种皮软毛长、形如麦穗的珍贵羊羔皮。小说还从林黛玉的女主视角展现了他"鬓若刀裁，眉如墨画，眼似桃瓣，睛若秋波。虽怒时而若笑，即瞋视而有情"的神仙公子般的气质风度。珍贵的清代孙温彩绘本中最独特的人物就是贾宝玉，无论翻到哪一页，他都是最容易辨别的人，形象一贯始终。然而正在读者陶醉之时，作者突然态度大变，来了首《西江月》定调："无故寻愁觅恨，有时似傻如狂。

[1]本书中所引《红楼梦》原文均出自郑庆山校《脂本汇校石头记》（作家出版社，2003.04）。

第三回　雨村依附黛玉进京

清　孙温绘全本《红楼梦》　第二册一

　　本书中所有孙温绘全本《红楼梦》插图均出自旅顺博物馆。

　　孙温绘全本《红楼梦》为推蓬装，共二十四册，其中一册空白，其余二十三册各有画面十开，总计二百三十开，绢本，浅蓝色花绫镶边，米黄色洒金绢包木板封面，画册无题签、无题跋。绘本采用工笔重彩画法，以大观园全景作为开篇，画面鸟瞰构图，将大观园诸多景致悉数入画，红墙黄瓦、亭台楼阁、绿树山石，一览无遗。从第二开画面开始，依次描绘出一百二十回本《红楼梦》的故事情节。每个章回所用的画幅数量不尽相同，显示了作画者对原著情节的取舍和理解。画家本人对《红楼梦》小说的理解领会似乎很深，并且愿意慢工出细活，差不多从五十岁起一直画到八十五岁，似乎是把他的生命完全投入到了这套图的创作中，可见这套图为其心血之结晶。经过堪比雪芹先生的"披阅十载，增删五次"的艰辛历程才得以完成的孙温绘全本《红楼梦》，是清代《红楼梦》图像中名副其实的瑰宝。

纵然生得好皮囊,腹内原来草莽。潦倒不通世务,愚顽怕读文章。行为偏僻性乖张,那管世人诽谤!"直接宣判了男主的一无是处。接下来的话就更难听了:"富贵不知乐业,贫穷难耐凄凉。可怜辜负好韶光,于国于家无望。天下无能第一,古今不肖无双。寄言纨绔与膏粱:莫效此儿形状!"作者评价宝玉简直是一文不值,是人类的反面典型,就差破口大骂了。反差强烈如冰火,简直匪夷所思。这样的男主角前无古人,不由得让人起了疑心:"贾宝玉究竟是个什么样的人?"

这实在是个大问题。在男主出场前,冷子兴与贾雨村就已经大大讨论一番。贾雨村提出"亦正亦邪"之说,认为贾宝玉就是秉天地正邪二气,搏击混成而生的那一类特别人物,并解释说:这类"亦正亦邪"的人如果生于公侯富贵之家,就是情痴情种;如果生于诗书清贫之族,就是逸士高人;哪怕生在寒门,也不会甘心受庸人驱驾,一定会成为伶人名妓。并举了一大堆大家可以意会的例子,如陈后主、唐明皇、宋徽宗、秦少游、唐伯虎、李龟年、卓文君、红拂、朝

第二十三回　众姐妹进住大观园　西厢记妙词通戏语

清　孙温绘全本《红楼梦》　第八册一

宝玉总是服饰鲜明,
最容易辨别的那个人。

云等等。用今天的话来说,就是"非主流"。当时的主流是"读书功名""仕途经济""光宗耀祖",而贾宝玉最恨这些,他嘲笑积极入世之人为"禄蠹"。第三十六回中他与袭人聊天:"那些个须眉浊物,只知道文死谏、武死战……那武将不过仗血气之勇,疏谋少略,他自己无能,送了性命……那文官更不比武官了,他念两句书污在心里,若朝廷少有疵瑕,他就胡弹乱劝,只顾他邀忠烈之名,浊气一涌,即时拼死……可知那些死的都是沽名,并不知大义。"这是非常典型的"宝玉口吻",大胆地表达了对科举、八股文、做官、封建礼教、男尊女卑等一系列观念制度的叛逆。

贾宝玉爱读《庄子》,第二十一回曾夜读《胠箧》篇并尝试续写。《庄子·逍遥游》里就有讲到一棵不能取材的树,对人来说是没有什么用处的,却也因此免除了被砍伐做器物的命运,保全了自身,成就了最大的用处,即所谓"积无用而为大用"。薛宝钗曾点评宝玉:"天下难得的是富贵,又难得的是闲散,这两样再不能兼有,不想你兼有了。"这个评价让我想起了清代文人画家改琦笔下的"宝玉",其在众多的宝玉绣像中独一无二。画的场景对应的原文应该是第二十三回:"那一日,正当三月中浣,早饭后,宝玉携了一套《会真记》,走到沁芳闸桥边桃花底下一块石上坐着,展开《会真记》,从头细玩。正看到'落红成阵',只见一阵风过,把树头上桃花吹下一大半来。"读完文字再回过头来看改琦的图,是不是很有意境?改琦完美地展现了宝玉的精神气质:翘着脚、悠闲自在地在桃花树下看禁书,全不觉身外之事,活脱脱的一个"富贵闲人"。贵族青年贾宝玉或许正是秉持着"不材之木"的人生理想吧。

书中关窍所在的第五回"贾宝玉梦游太虚幻境",通过判词和仙曲直接"剧透"了所有人物的命运和故事的结局。这一回中出现了一个具有上帝视角的神仙:警幻仙姑。这位仙姑"司人间之风情月债,掌尘世之女怨男痴"。男主角贾宝玉的前身是神瑛侍者,女主角林黛玉的前身是绛珠仙草,同在仙姑掌管的"太虚幻境"中,下凡前也都要在警幻仙姑处挂号。这位重要的神仙当着贾宝玉本人的面,给他封了个第一:"吾所爱汝者,乃天下古今第一淫人也。"宝玉当场吓到了,

宝玉造像
清　改琦《红楼梦图咏》

　　本书中所有改琦绘木刻黑白版画，均出自光绪五年（1879年）刊本《红楼梦图咏》。该书为清代李光禄原辑，画家改琦绘图，淮浦居士重编。

　　改琦，字伯韫，号香白、七芗，晚号玉壶外史，居松江（今上海市）。《改七芗红楼梦临本》所附《墨香居画论》简介云："琦体弱善病，能文工诗，善丹青，仕女妙绝，折枝花卉亦娟秀可爱，乾嘉中名盛一时。"改琦的仕女画造型纤细清瘦、姿容文雅、线条飘逸简适，勾画精微，笔触独特。《清史稿》则称："嘉、道后画人物,琦号最工。"秦祖永在《桐阴论画》（1864年）中把改琦仕女画评为"妙品",并说他"落墨洁净,设色妍雅",是一位能脱去脂粉习气的高手。

改琦之红楼人物画可知得传者有三种:其一,《红楼梦临本》十二页,绢本。原稿朵雪轩藏,民国四年（1915年）及民国十二年（1923年）有正书局珂罗版印本,日本兴文社版《南画大成》第七卷,亦选印其中八页;其二,《红楼梦图咏》光绪己卯（1879年）淮浦居士刊刻本;其三,《红楼梦图》1915年上海神州国光社玻璃版,共十二帧。第三种的十二图画意与《红楼梦图咏》相似。《爱日吟庐书画续录》说:"玉壶名重画少,伪者迭出。"由于改琦的作品在社会上辗转流传,四方索取,以致在清代就有大量赝品出现。

第五回　贾宝玉梦游太虚幻境

清　孙温绘全本《红楼梦》　第二册七

赶紧说自己年纪小、家教严，不知淫为何物。警幻仙姑就解释："淫"有不同，世人好淫者不过好色，恨不得天下之美女供他片刻之乐，那是皮肤淫滥的蠢物；而你宝玉天生一段痴情，是令人推崇的"意淫"。"意淫"一词首创自《红楼梦》，将肉体的"皮肤滥淫"与心灵的痴情区别开来，在警幻仙姑口中显然不是贬义词。甲戌本此处还有脂砚斋侧批："二字新雅。"警幻仙姑还认为宝玉"独得此二字"，并告诫宝玉他虽然因此是"闺阁良友"，但在世俗里肯定是要遭人嘲笑和诽谤的。

"闺阁良友"用今天的话来说就是"男闺蜜"。宝玉的名言是:"女儿是水做的骨肉,男人是泥做的骨肉。我见个女儿,我便清爽;见了男人,便觉浊臭逼人。"大观园结社的时候,李纨提到贾宝玉幼时自号"绛洞花主"。他爱如花儿般纯洁美丽的女子,自然而然地去呵护女子、养护百花。他的"痴情",不仅表现在对爱人林黛玉的专一,还表现在他对一切聪慧美丽的少女的欣赏呵护,对她们命运的感同身受。《红楼梦》里这样的细节随处可见,他体贴地让香菱换去被弄脏的石榴裙,细心帮受委屈的平儿理妆。做这些事时宝玉都感到非常欣慰,觉得自己终于有机会可以尽点心(因为二人相当于别人的侍妾),甚至于伤感她们的身世处境,独自落下痛泪。他偶然经过农庄看到村姑二丫头纺线,就恨不得"下车跟他去了"。他夸奖丫鬟袭人的表妹长得好,并非袭人想的如寻常公子哥儿般"赌气花几个钱把她们都买进来",宝玉想的是:"我不过是赞他好,正配生在这深堂大院里,没的我们这种浊物倒生在这里。"所以第四十三回水仙庵祭拜金钏儿时,宝玉身边第一得力小厮茗烟说:

"你在阴间保佑二爷来生也变个女孩儿,和你们一处相伴,再不可又托生这须眉浊物了。"脂砚斋曾提到过在遗失的原文末尾有一个"警幻情榜",有点类似于"封神榜"。而《情榜》上黛玉是"情情",宝玉是"情不情",意思大概是说他能够用自己的感情去赋予那些并没有同等理解回报他情感的生命,"爱博而心劳",比所爱者本人还要操心忧虑。

宝玉的多情里有着人性的光芒,有着对生命的深情与爱护。"绛洞花主"贾宝玉不是采花人,而是护花人。

贾宝玉一生有个爱红的毛病,爱淘胭脂、吃胭脂。他在荣国府居住的地方自题匾额"绛芸轩","绛"即深红色;搬到大观园住在"怡红院";结诗社自号"绛洞花主";灵魂伴侣是"绛珠仙子"林黛玉。真的是处处不离红,而且这些似乎都颇有深意。第八回男主角胎里带来的"通灵宝玉"正式出场,书中从薛宝钗的视角描写了此玉的大小、色泽、前后篆文,可见其贵重异常、精美绝伦。然而作者马上点明:"这就是大荒山中青埂峰下的那块顽石的幻相。"接着突然来一首诗,后四句是:

"好知运败金无彩,堪叹时乖玉不光。

　　白骨如山忘姓氏,无非公子与红妆。"

这首诗突兀到让人起疑。这画风急转的感觉和贾宝玉出场时完全一致,气氛在"脂正浓、粉正香"的热闹美好时突然反转,变得十分颓废。不由得让人想起警幻仙姑的十二支红楼曲,曲曲悲音;献给宝玉的茶是"千红一窟(哭)",酒是"万艳同杯(悲)"。从开篇就揭示的沉浸式的深沉苦痛,放置于"鲜花着锦,烈火烹油"之中,绝不是高鹗等续书内容可比。蔡元培先生曾说过《红楼梦》是"吊明之亡,揭清之失",或许这才是点睛之笔。

戚序本《石头记》前有清代戚蓼生写的序文。他明确提出"一喉两声"的观点,令人击节!他认为这部小说的作者像是眼睛看着彼处,下笔却此处写起,如史家笔法,书中处处有"微言大义"。而作者写宝玉正是用了"似谲而正"的曲笔,看似荒唐,实则深情。贾宝玉是怡红院里的浊世佳公子、欣赏呵护百花的绛洞花主,是作者倾注心血刻画的人物。李泽厚先生说,明末清初的家国大恨、人生幻空、时代伤感是《红楼梦》的根基,充满了"梦醒了无路可走"的大苦痛。

# 第二话 枉凝眉

绛珠仙泪光点点·林黛玉

"滴不尽相思血泪抛红豆""睡不稳纱窗风雨黄昏后"。林黛玉住在凤尾森森、龙吟细细的潇湘馆里，遗世独立。她是西方灵河岸上三生石畔的绛珠仙草转世，一生只为"还泪"而来。作书人给予了她"心较比干多一窍，病如西子胜三分"（比干是"亘古忠臣"，"有七窍玲珑心"；西施是"以倾国貌，洗辱国耻"）的赞美。秉绝代姿容、具稀世才俊的林黛玉，是男主角贾宝玉心中永无替代的女神。

　　女神在登场前就做了隆重的渲染。开篇凡例中，作者自述"忽念及当日所有之女子……其行止见识皆出于我之上"。直言本书"风尘怀闺秀"，是为闺阁立传，而黛玉显然是头一名。紧接着，书中第一回僧道谈论"一段风流公案"，即绛珠仙草受到赤瑕宫神瑛侍者的日日甘露灌溉，得以脱去草木之胎，幻化人形，修成了女体。说她终日在"离恨天"外游荡，饿了吃"密青果"（或作"秘情果"），渴了喝"灌愁水"，一心想着报答灌溉之情，所以心中郁结着一段缠绵不尽的情意。《红楼梦》整个故事就是因这段公案缘起的：神瑛侍者、绛珠仙子下凡历劫，其余的人，书中说是"一

通灵宝玉　绛珠仙草
清　改琦《红楼梦图咏》

一　生　筑　一　梦

干风流孽鬼跟着投胎下世"陪同完劫。这段重要的前世情节中,男主角只得了一个名字,其余皆是绛珠草的介绍,妥妥的大女主戏。正如清代著名画家改琦的《红楼梦图咏》开篇第一幅就是"通灵宝玉绛珠仙草",灌溉仙草的神瑛侍者却连出场机会都没有,而最早的《红楼梦》印本程甲本绣像也是如此。接着第二回演说今生人物身世时,林黛玉也早于贾宝玉出场。她出身高贵,家学渊源:"虽系钟鼎之家,却亦是书香之族",父亲林如海为"四世列侯"的嫡出,又是前科的探花郎,钦点的巡盐御史;母亲贾敏是荣国府太夫人最疼爱的小女儿。黛玉是父母唯一的孩子,所以他们对其珍爱异常,悉心教养,即使是一个不能参加科举的女孩,也专门聘请了进士出身的贾雨村给她当家庭教师。对比贾府嫡子宝玉的塾师却是个没考上举人的贾代儒,这个设定就很有意思。

第三回男女主角首次同框,二人一见面,宝玉就说"这个妹妹我曾见过的",接着又送表字又砸玉,闹腾得天崩地裂,十分激动。表字是汉文化中男子行冠礼后,取的与本名含义相关的别名,称为字,以表其德。可见宝玉对黛玉的珍视。宝玉送黛玉的表字是"颦颦"。颦有皱眉的意思，有一个成语叫"东施效颦"，效仿的正是愁眉不展的"捧心西施"。所以黛玉虽然一身病、一生愁，不展眉、常流泪，却尽得千古美人西施之风流，依旧是不可方物的美好存在。病西施的容貌是可以"沉鱼落雁"的，而林黛玉的风采也同样雅俗共赏，第二十五回里呆霸王薛蟠在混乱时刻偶然瞥见一眼风流婉转的林黛玉，就酥倒在那里。甲戌本脂砚斋此处批语："此似唐突颦儿，却是写情字万不能禁止者，又可知颦儿之丰神若仙子也。"而在雅公子贾宝玉眼中的黛玉更是"两弯似蹙非蹙胃烟眉，一双似泣非泣含露目。态生两靥之愁，娇袭一身之病。泪光点点，娇喘微微。闲静时如娇花照水，行动处似弱柳扶风"。他在砸玉时情不自禁地喊出了一句"神仙似的妹妹"，直接给女主角的容貌神韵下了结论。

然而这样一个作者推崇钦定的"神仙妹妹"却好似少了女主光环，一般读者的刻板印象都是其诸如小心眼、疑心病重、得理不饶人、孤高自傲、目无下尘的性格，再加上黛玉身体差、哭哭啼啼，说话尖酸刻薄、爱怼人，简直是一身毛病，完全不讨喜，难怪就连小丫鬟们都更喜欢去和薛宝钗玩。这不由得让人疑惑，

《红楼梦》的作书人究竟在构思什么？比如我就难免会猜测，这样亘古未有的女主角被狠狠地"先抑"之后，需要怎样震撼夺目的高光时刻来"后扬"她的纯真、智慧、圣洁和不幸的命运，才能让所有的读者都为之震慑神魂、心服口服，扼腕于仙子尘下。这样想想都令人悠然神往！纵然发展几百年的红学众说纷纭，有一点却很一致：没有人怀疑作者出神入化的写作水平。然而可叹的是，前八十回在矛盾迭起、高潮将至的关口戛然而止了……我们终究看不到作书人笔下的"后扬"了，这大概就是张爱玲先生把"红楼未完"列为人生三大恨之一的原因吧。

我们也只能从警幻仙姑特别强调、要求宝玉边读词边听曲的《红楼梦》歌的前三首（上帝视角的总领全书设定）中去感受女神的终极魅力了。其中第一首是引子，第二首《终身误》是男主视角：

> "都道是金玉良姻，俺只念木石前盟。空对着山中高士晶莹雪，终不忘世外仙姝寂寞林。叹人间美中不足今方信。纵然是齐眉举案，到底意难平。"

黛玉造像
清　改琦《红楼梦人物图册》

　　本书中所有改琦绘着色《红楼梦》人物画均出自南京博物馆藏《清改琦红楼梦人物图册》。
　　清代以降，多少文人画客为红楼金钗造像，改琦笔下的黛玉是其中极为传神的一种：潇湘馆内竹枝摇曳，千竿生凉，青苔斑石，鹦鹉垂鸣，更显清幽。黛玉身直立而微侧、头略低垂，目光俯视，右手半举，左手垂拂，似累似病、似羞似怨、似嗔似喜，令人思绪万千，不由得想起"闲静时如娇花照水，行动处似弱柳扶风"两句诗。其很好地刻画出黛玉丰富的情感和复杂的内心世界。半工半写，造型纤弱，背景细秀，衣纹简逸，正与清代文人画家在仕女画创作上所追求的"清淑静逸"之趣相符。

一　生　筑　一　梦

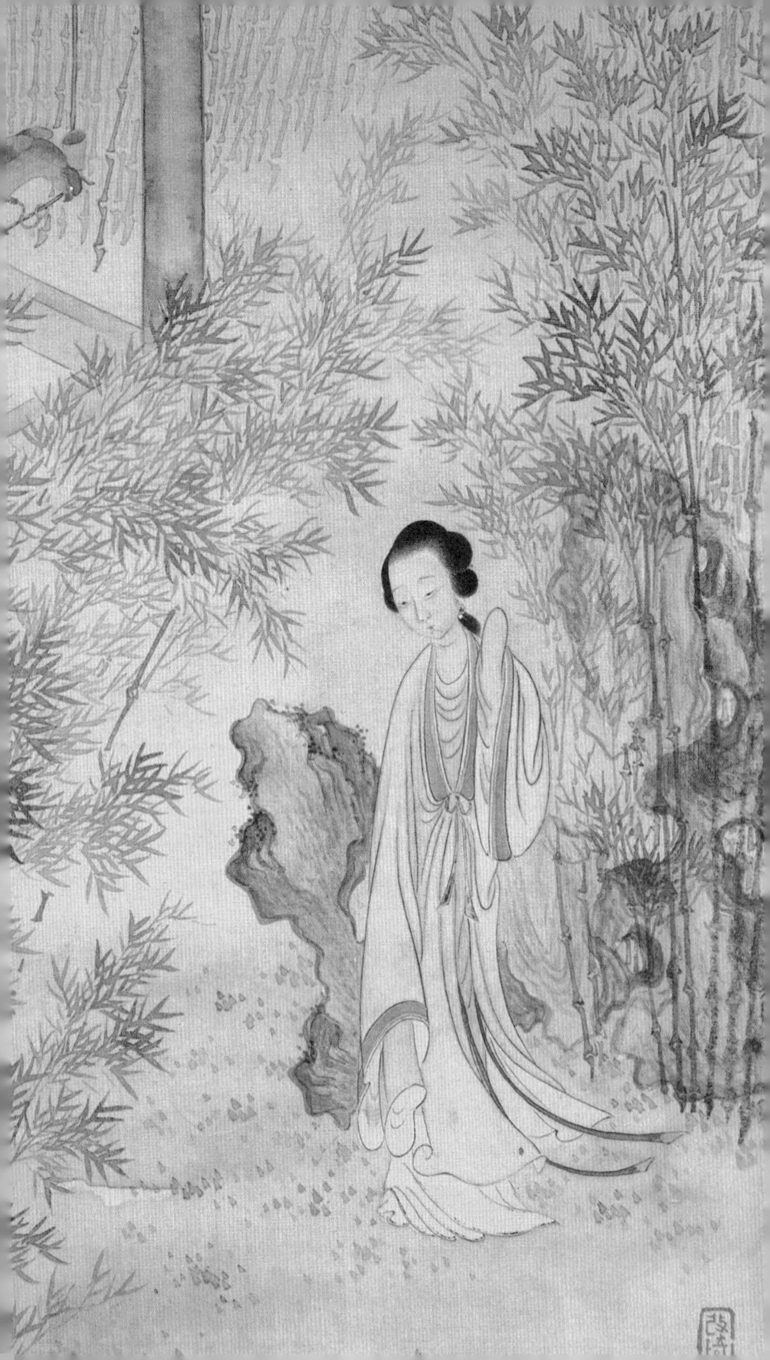
改琦

第三首是女主视角，字数为三首之冠，情感澎湃："一个是阆苑仙葩，一个是美玉无瑕。若说没奇缘，今生偏又遇着他；若说有奇缘，如何心事终虚化？一个枉自嗟呀，一个空劳牵挂。一个是水中月，一个是镜中花。想眼中能有多少泪珠儿，怎经得秋流到冬尽，春流到夏！"（《枉凝眉》）很明显，第二首中虽然提到了"晶莹雪（薛）"，但宝钗也并非这首词的重点。第三首毫无疑义地确立了男女主角双向奔赴的感情主线和悲剧。有学者从黛玉、宝钗合用一首判词"玉带林中挂，金簪雪里埋"来推断钗黛合一，或认定为双女主。个人以为不妥。如果宝钗在作者心中真的那么重要，为什么不配拥有一首自己的《红楼梦》曲呢？毕竟其余的十一钗都有自己独立的咏叹调啊。看来作书人也同宝玉一样，心中只有阆苑仙葩。

林黛玉的太虚幻境判词是"堪怜咏絮才"。她是大观园海棠诗社中，因诗词"风流别致"而常常夺魁的潇湘妃子；十二岁就写出了有"侬今葬花人笑痴，他年葬侬知是谁""一朝春尽红颜老，花落人亡两不知"这样的佳句且在全书中极具代表性的经典诗作《葬

第三回　贾宝玉初会林黛玉　宝玉痴狂狠摔那玉

清　孙温绘全本《红楼梦》　第二册四

花吟》。她天性喜散不喜聚，对"天下无不散的宴席"有清醒的认识，淡雅脱俗，颇具道家的深邃和通透，有林下风致。感情上，黛玉也并不拘泥于少年慕艾，她与秉持"不才之木"人生理念的宝玉更是灵魂伴侣。她十四岁时曾在自己房中设坛祭拜，作《五美吟》分别咏怀西施、虞姬、明妃、绿珠、红拂这五位留名青史、不让须眉的绝色奇女子。这正是女主才华横溢、品格高洁和家国情怀的比拟与展现。更令人惊叹的还有她对时世人心的洞察，比如第六十二回她就已经与

民国梅兰芳先生
《黛玉葬花》戏曲老剧照

宝玉说:"我虽不管事,心里每常闲了替你们一算计,出的多,进的少,如今若不省俭,必致后手不接。"可见黛玉对贾府大厦将倾的近虑远忧极具卓识。另外,林黛玉在入贾府前已经读完了《四书》,虽不爱揽事,却也不乏治世之才。在荣国府内外秩序混乱,大观园风雨飘摇、事故频出的时候,她御下的潇湘馆一切日常事务井然有序,丫鬟和婆子都安静肃整、各司其职。

"眉尖若蹙"的林黛玉喜欢读书,刘姥姥说过她的屋子不像小姐的绣房,竟比哥儿们的上等书房还好。她的生活中没有烟火气,仿佛就是围绕着写诗弄词、感怀流泪和葬花调鹦,诗意地栖息在远离尘俗的大观园中。贾宝玉是在花开时护花惜花,林黛玉则是在花落后葬花悼花,他们二人仿佛是大观园最后的守护者,一同等待伤感着"三春过后诸芳尽"的时刻。二人的口中言、笔下词,哪里像是十二三岁的少男少女,倒更似历尽了世间沧桑。更令人不解的是,前八十回里黛玉几乎和宝玉日日厮守,并无分离,然而悲凉的底色却一直不断地涂抹;明明只是小儿女间的琐碎嬉闹争执,黛玉却总是要深刻到"未若锦囊收艳骨,一抔

第四十五回　金兰契互剖金兰语　风雨夕闷制风雨词

清　孙温绘全本《红楼梦》　第十一册四

一　生　筑　一　梦

此图描绘了原文第四十五回的情景,一个风雨交加的秋夜,林黛玉卧病潇湘馆,翻阅《乐府杂稿》,当读到"秋闺怨""别离怨"等词时,不禁有感于中,遂成《代别离》一首,拟《春江花月夜》之格,名其词为《秋窗风雨夕》,其中有"连宵脉脉复飕飕,灯前似伴离人泣""不知风雨几时休,已教泪洒窗纱湿"等句,悲音凄凉浓重。而后宝玉冒着风雨穿着蓑衣来看望黛玉,二人情深言浅。《秋窗风雨夕》也是黛玉众多诗作中具有阶段性意义的作品。最令人不解的是,宝玉明明就在身边,黛玉却作离歌。其长诗意境颇有警幻仙姑《红楼梦》曲中《枉凝眉》的味道。

净土掩风流"的可怕地步，仿佛要让读者明白这除了是一个注定的悲剧，还可能藏着更为骇人的真相。

剥去公子红妆、儿女情长的外衣，《红楼梦》或许是一部从头就注定的泪史。脂砚斋有批语："细思'绛珠'二字，岂非'血泪'乎。"女主角林黛玉是事事、时时要流泪，直至泪尽而亡。凡例中作书人提醒读者：

"谩言红袖啼痕重"
"字字看来皆是血"。

"悼红轩"主人曹雪芹批阅十载亦是"一把辛酸泪"。书中人在流泪；作书人在流泪；批书人还是在流泪；此书面世几百年来，万千读者也难免怆然涕下。脂砚斋曾有批语："凡野史俱可毁，独此书不可毁。"此言发人深思。

如果说贾宝玉是以毕生心血去呵护大观园百花，那么"质本洁来还洁去"的葬花人林黛玉便是其中芝兰毓秀的花魄。王蒙先生说过："林黛玉是理想、是诗，她本身便是情。"她不仅是《红楼梦》的女主角，还是古典文学史上最独特美好的女性形象之一，是凝聚传统文化精粹的永不屈服的诗魂。

一生筑一梦

# 第三话 聪明累

凡鸟偏从末世来·王熙凤

"粉面含春威不露,丹唇未启笑先闻。"王熙凤的出场异常光鲜亮丽:金丝八宝攒珠髻、朝阳五凤挂珠钗、赤金盘螭璎珞圈、豆绿宫绦、双衡比目玫瑰佩、缕金百蝶穿花大红洋缎窄褾袄、五彩刻丝石青银鼠褂、翡翠撒花洋绉裙。这满身北珍南宝、贡品洋货的高级奢侈品,简直是要闪瞎看书人的眼。更令人咋舌的是,这位"身量苗条,体格风骚""恍若神妃仙子"的二十岁少妇,在人人敛声屏气、恭肃严整的贾府正院大房里,放诞调笑,挥洒自如。作书人为她作如此浓墨重彩的开头,不仅让人感到这个角色的分量似乎与男女主角有三足鼎立的势头,也让人隐隐看到了《红楼梦》剧情发展的另一条线。

如果说男女主角的任务是谈爱情,那么王熙凤明显是来搞事业的。她的太虚幻境判词是"凡鸟偏从末世来,都知爱慕此生才"。"凡鸟"合起来就是一个"鳳"字。紧接着,第六回管事大娘周瑞就点评了自家主子:"这位凤姑娘年纪虽小,行事却比世人都大呢。如今出挑的美人一样的模样儿,少说些有一万个心眼子。再要赌口齿,十个会说话的男人也说他不过。

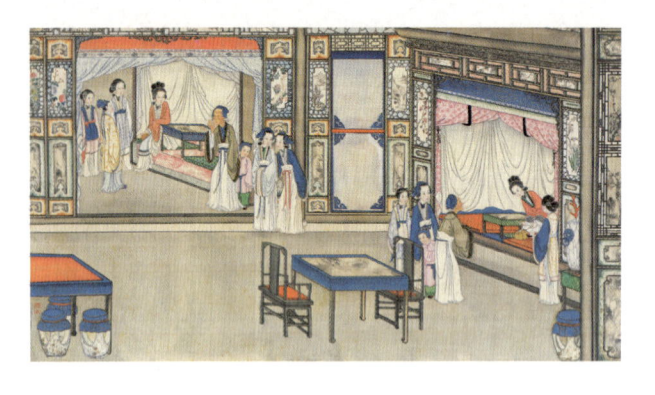

第六回　刘姥姥初会王熙凤　贾蓉借物言谈隐情

清　孙温绘全本《红楼梦》　第二册十

就只一件，待下人未免太严了些。"看来王熙凤的"才"与黛玉的"才"非常不同，她的"才"偏向于卓越的权力操纵和事务管理能力。第六回起贾府故事一开局，我们便看到大量篇幅都围绕着凤姐展开：刘姥姥拜见荣国府当家人，毒设相思局害死起淫心的贾瑞，协理宁国府大丧秦可卿，弄权铁槛寺对外敛财办事。作书人在十五回前就完美刻画了她的权力欲望和心机手段。一个杀伐果断、聪明狠毒、手握荣国府财政大权的王熙凤就活泼泼地站到了看书人面前，而此时男女主角的戏份才刚缓缓展开。

　　前面我们说过，贾雨村提出了"亦正亦邪"之说，点明贾宝玉是这样特殊的人物，其实王熙凤又何尝不是呢？王熙凤是"脂粉堆里的英雄"。王熙凤虽然体态风骚，也会凭借美貌巧设计谋，但是在贾府这个"爬灰的爬灰，养小叔子的养小叔子"且在柳湘莲口里"只得门口两个石狮子干净"的糜烂地方，她在男女问题上却很刚正。比如第二十一回贾琏向平儿抱怨："他防我像防贼是的，只许他同男人说话，不许我和女人说话。我和女人略近些，他就疑惑；她不论小叔子、侄儿，大的、小的，说说笑笑，就不怕我吃醋了。以后我也不许他见人！"平儿却反驳了贾琏："他醋你使得，你醋他使不得。他原行的正，走的正；你行动便有个坏心，连我也不放心，别说他了。"可见凤姐的心思都放在了事业上。她贪权爱利，表现欲强烈；吃苦耐劳，可以日夜不息。

　　在协理宁国府时，凤姐也并未搁置对荣国府的管理，"刚到了宁府，荣府的人跟着；既回到荣府，宁府的人又跟着""彼时荣宁两处领牌交牌人往来不绝"。

第十三、十四回　王熙凤协理宁国府

清　孙温绘全本《红楼梦》　第四册六

她处理事务讲究效率和用人，针对宁国府以往的五大积弊（人口混杂，遗失东西；事无专执，临期推诿；需用过费，滥支冒领；任无大小，苦乐不均；家人豪纵）开出对症良方，条理清晰、面面俱到、恩威并施、令行禁止，使得宁国府上下整肃。清代"三家评本"中姚燮有一条批语："分派职役，井井有条，大有淮阴侯用兵经济。"她筹划的大葬礼十分整齐，"合族中上下无不称叹"。王熙凤智商高、口才好，善于察言观色，性格又泼辣爽利，获得了荣国府权力顶端的贾母和王夫人的宠爱，与一干妯娌小姑子们的关系都很好。大观园中公子小姐们起诗社，探春请不识字的凤姐做个"监社御史"，凤姐马上就猜到是她们做东缺个"进钱的铜商"。所以李纨说她是个"水晶心肝玻璃人"。凤姐不但开得起玩笑，也可以自嘲，同时事事爽快，乐意出钱、出主意、出东西帮忙，这谁能不喜欢呢？

然而王熙凤的另一面更加鲜明。第十五回王熙凤为了三千两银子，就拿着贾府的名头弄权，帮着恶尼姑和李衙内拆散人家姻缘，并肆无忌惮地说："你是知道我的，从来不信什么是阴司地狱报应的。凭是什么事，我说要行就行。"最终导致贞烈的金哥和长安守备公子双双自尽。她掌管贾府财权，十分贪婪，常常克扣、挪用府内上上下下的月钱，在外面放高利贷，中饱私囊。她对下严苛，滥施刑罚，打骂丫鬟动不动就说要用"烧红的烙铁烙嘴"，或是拔下簪子来直接戳脸。去清虚观的路上有小道士不小心撞了她，她就破口大骂，扬手一巴掌打得小孩子站不起来，吓傻过去。更不要说起了妄念的贾瑞、贾琏的偷情对象鲍二家的、成了贾琏妾氏的尤二姐,个个都死在了她的手上。王熙凤擅弄阴谋,惯用"借剑杀人",又要"斩草除根",性格阴毒狠辣。贾琏小厮兴儿的吐槽十分精准:"嘴甜心苦,两面三刀;上头一脸笑,脚下使绊子;明是一盆火,暗是一把刀:都占全了。"

在警幻仙姑《红楼梦》曲中,王熙凤对应的是《聪明累》:"机关算尽太聪明,反算了卿卿性命。生前心已碎,死后性空灵。家富人宁,终有个家亡人散各奔腾。枉费了意悬悬半世心,好一似荡悠悠三更梦。忽喇喇似大厦倾,昏惨惨似灯将尽。呀!一场欢喜忽悲辛,叹人世终难定!"《红楼梦》十二仙曲的重要地位毋庸置疑,连最通用的书名都是由此而来。这其中人物结局判词固然非常要紧,但作书人对各角色的态度也很值得揣摩。比如王熙凤这

第二十九回　享福人福深还祷福　痴情女情重愈斟情

清　孙温绘全本《红楼梦》　第九册三

曲居然用了"卿卿""心已碎,性空灵""枉费了悬半世心""叹人世"等词,好像作曲人对凤姐竟颇有些怜惋之意。有人说那是作书人菩萨心肠,悲天悯人,所以对王熙凤这等恶人也不忍苛责。然而实际情况并非如此,比如李纨的《晚韶华》、妙玉的《世难容》均颇有讽刺微词;秦可卿的《好事终》则是直接无情否定,可见作书人是不吝"秉刀斧之笔"的。

说起来,王熙凤身上确实有一些不合理的地方。一是长相:"一双丹凤三角眼,两弯柳叶吊梢眉。"三角眼往往是形容老年人的眼睛,随着年龄的增长,上睑皮肤中外侧松弛下垂,外眦角被遮盖,眼裂近似三角形。吊梢眉的感觉也挺吓人的。这两种外貌特征一结合,用来形容一位二十岁号称"神仙妃子"的美女,着实有些恐怖。何况形状平缓的"柳叶眉"是如何吊梢的呢?具有S形流畅线条的"丹凤眼"又怎样才能"三角"呢?这个眉眼描写自相矛盾,后来的画家往往难以表现。比如老潍县杨家埠和兴永年画里的王熙凤,还是取用了柳眉凤眼,舍弃了三角吊梢。年画里的凤姐叉腰叉指,颇有几分"威"和"俗"的味道,倒很传神。二是贾母向林黛玉介绍凤姐时说凤姐是"泼皮破落户"。"泼皮"还好理解,为啥加"破落户"呢?王熙凤出身四大家族的金陵王家,她娘家叔叔王子腾当时是京营节度使,后来又高升九省统制,是实权派。用王熙凤骂贾琏的话来讲:"把我王家的地缝子扫一扫,就够你们过一辈子了。说出来的话也不怕臊!现有对证:把太太和我的嫁妆,细看看,比一比你们,那一样是配不上你们的?"更有第十六回凤姐夸耀娘家:"我爷爷单管各国进贡朝贺的事,凡有的外国人来,都是我们家养活。粤、闽、滇、浙所有的洋船货物都是我们家的。"也就是说,王家祖上从事朝廷外交、对外商务贸易的工作,所以是"东海缺了白玉床,龙王来请金陵王"。家族修养见识和财富自然是数一数二的,怎么就成了"破落户"呢?就算老祖宗想开凤姐的玩笑,边上还有一位王夫人在,这话哪儿都说不通。

三是凤姐"不识字"的设定。几代豪门的世家大族千金小姐,又是按照大家媳妇来培养的,嫁过来就委以当家的重任,居然不识字!贾府里可是连不少丫鬟都是识字的。再说王熙凤的主要技能就是理事管账,如何能不会这一基本功呢?睁眼瞎靠别人也太不保险了,这实在是有点刻意,难免会让人往"真事隐"的思路上去想。

太虚幻境里王熙凤的正册画像是"一片冰山，上面有一只雌凤"。雌凤既然生于"末世"，背后依靠的也只是容易消融的"冰山"，所以无论枉费多少心机，最终也难力挽贾家倒台、家亡人散的结局。凤姐理家多年，下面奴仆积怨众多，第五十五回中平儿就说："人恨极了，他们笑里藏刀，咱们两个才四个眼睛、两个心，一时不防，倒弄坏了。"而贾府的其他势力对她的位置也虎视眈眈，连兴儿都知道："合家大小，除了老太太、太太两个，没有不恨他的……连他正经婆婆太太都嫌了。"一朝大厦倾，墙倒众人推，再加上种种以往的恶行东窗事发，从判词上就可知凤姐连唯一的女儿都保不住，她自己的结局自然就可想而知。

> "金紫万千谁治国，
> 　裙钗一二可齐家。"

我们看不到八十回后的故事，就很难对人物盖棺定论。然而作书人对王熙凤的感情明显是复杂的。一方面，毫不留情地展现她行事的狠毒算计，叹息她为了金钱、权力、欲望而"聪明反被聪明误"；另一方面，或许也同样惋惜着王熙凤的治世才能，怜惜着她生前身后为贾府的操劳用心吧。

## 第四话

# 金玉缘

任是无情也动人 · 薛宝钗

"叹人间，美中不足今方信。纵然是齐眉举案，到底意难平。"话说男主角贾宝玉和女主角林黛玉彼此有情，言和意顺，不想忽然来了个薛宝钗。她成熟懂事、体丰貌美、行为豁达、举止贤淑，甚至还带来了"金玉良缘"的说法。这下经典恋爱线中的三角关系就形成了，而戴着金锁的宝姐姐正是为"通灵宝玉"而来。

关于薛宝钗的笔墨最早出现在第四回，这一回是被恶霸薛蟠强占的弱女甄英莲的故事。内容过三分之二时点明薛蟠的来历，说其家里是皇商出身。带到一笔薛蟠的妹妹，说是乳名叫宝钗，读书识字较薛蟠高过十倍，常留心针黹、家计等事，入都城是为备选才人（充当公主、郡主入学陪侍）而来。虽然常有人认为黛玉、宝钗是并列女主，然而实际情况却要复杂得多。作书人在开篇前三回，就已经用了大量笔墨来精雕细琢林妹妹：第一回叙述前世仙子的背景；第二回书写今生尊贵的身世；第三回细描真人登场的外貌性情与举止心理。而宝姐姐在第四回才借她哥哥抢来作妾的小姑娘甄英莲的故事，得了作书人"生得肌骨莹润，举止娴雅"十个字，未免有些许寒碜。

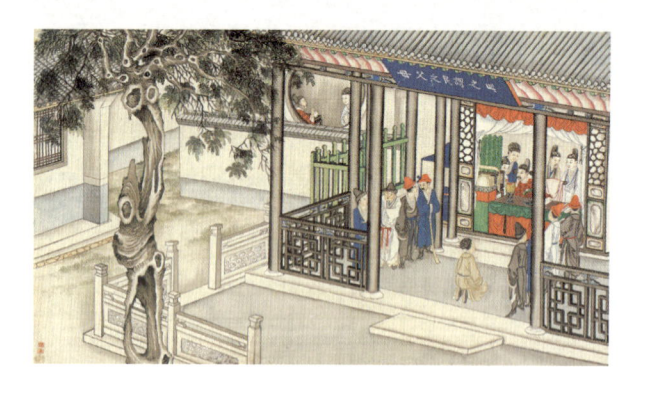

第四回　贾雨村荣任应天府　门子私室密禀权势　葫芦僧乱判葫芦案

清　孙温绘全本《红楼梦》　第二册五

有意思的是，孙温还把自己的评论"此之谓民之父母"画入了本页。

一　生　筑　一　梦

作书人给宝姐姐画像是在第八回的前半回，是从贾宝玉视角描绘的，说她"头上挽着漆黑油光的鬏儿"，穿着"一色半新不旧"的衣裳。长相只有直白一句："唇不点而红，眉不画而翠，脸若银盆，眼如水杏。"然后是对她处事待人的评价："罕言寡语，人谓藏愚；安分随时，自云守拙。"说她话少安分。至于她性情怎么样，作书人并未评论。这是贾宝玉和薛宝钗的第一次同框，脂砚斋批语说是宝钗正传。那么我们来看看号称"宝钗正传"的第八回的四分之一段落（这部分文字之后林妹妹还将登场展开新的情节）。宝钗亮相完毕，对宝玉说："成日家说你的这玉，究竟未曾细细的赏鉴，我今儿倒要瞧瞧。"于是从薛宝钗视角对"通灵宝玉"进行了正反图式文字的详细描绘。作书人犹感不足，又以上帝视角对玉的前因后果进行了大段咏叹，宝姐姐的镜头直接被"通灵宝玉"给抢了。接着宝钗口内念道："莫失莫忘，仙寿恒昌。"念了两遍，回头向自己的丫鬟莺儿笑道："你不去倒茶，也在这里发呆作什么？"莺儿嘻嘻笑道："我听这两句话，倒像和姑娘的项圈上的两句话是一对儿。"引

通灵宝玉图[2]

[2]出自《增评补图石头记》(上海书局铅印本,1900)。

来贾宝玉要看金锁。接着是金锁的镜头，上面有"不离不弃，芳龄永继"八个字，宝玉因笑问："姐姐这八个字倒真与我的是一对。"然后莺儿说是个癞头和尚送的，必须錾在金器上，但话没说完就被宝钗打断。接着黛玉就登场了。这么看来，这只占四分之一回笔墨的"宝钗正传"实际成了"通灵宝玉"正传，"金玉良缘"也是在这里正式登场。难怪第三十四回宝钗亲哥哥呆霸王心直口快地讲："好妹妹，你不用和我闹，我早知道你的心了。从先妈和我说，你这金要拣有玉的才可正配，你留了心，见宝玉有那劳什子，你自然如今行动护着他。"看起来在宝姐姐的设定里，最重视的就是"通灵宝玉"。

从警幻仙姑《红楼梦》曲宝玉的《终身误》中可知，宝姐姐最终成功战胜了林妹妹的"木石前盟"，完成了"金玉良缘"的任务。而这个结果对男主角贾宝玉来讲是"终身误""意难平"，最终成了整个悲剧的重要部分。那么男主角为什么不喜欢宝姐姐呢？要知道薛宝钗在贾府和大观园里拥有一大帮拥护者，连对每个人都充满怨念的赵姨娘都说她的好话。太虚

第八回　贾宝玉奇缘识金锁　薛宝钗巧合认通灵　梨香院黛玉巧遇玉

清　孙温绘全本《红楼梦》　第三册六

一 生 筑 一 梦

第四回　王夫人闻报接远亲

清　孙温绘全本《红楼梦》　第二册六

幻境里薛宝钗的判词是"可叹停机德"。第六十三回中具有判词意义的抽花签，她抽的是一支牡丹，题"艳冠群芳"四字，即大方贤惠、丰满艳丽，简直是为人妻的最佳选择。难怪自清代成书以来，红迷中宝姐姐的粉丝颇多，"抑黛扬钗"的大有人在。

其实牡丹花签上还有一句判词："任是无情也动人。"书中说这句话被宝玉翻来覆去地念叨，显然这句话很重要。《红楼梦》这本书开篇就说是"大旨谈情",书中自叙的第一作者空空道人还因此书而改名为"情僧"。脂砚斋批语说小说最后还有"情榜",巧的是薛宝钗的花签里就有"无情"二字。比起第八回寥寥数语的"宝钗正传",第七回倒有很大一段笔墨与宝姐姐有关,不过没写她本人,而是描述她吃的一种丸药"冷香丸":"要春天开的白牡丹花蕊十二两,夏天开的白荷花蕊十二两,秋天的白芙蓉蕊十二两,冬天的白梅花蕊十二两。将这四样花蕊,于次年春分这日晒干,和在末药一处,一齐研好。又要雨水这日的雨水十二钱……"甲戌本这里有侧批:"凡用'十二'字样,皆照应十二钗。"这条批语吓人,不由得让人想到贾宝玉叫"绛洞花主",是大观园群芳的"护花人",林黛玉是大观园落红的"葬花人"。而薛宝钗在正式登场前,作书人居然给了她一个"食花人"的设定。她说吃"冷香丸"是为了压制"胎里带来的一股热毒"。宝玉是神瑛侍者,胎里带来通灵宝玉;黛玉是草木之身,胎里带来不足弱症。那么胎里带着热毒来的宝钗又是什么来头呢?

第五回警幻仙姑梦里出场前,宝玉有一段"择屋而眠"的小插曲。秦氏带他去上房休息,宝玉抬头看到房中挂了一副对联："世事洞明皆学问；人情练达即文章。"忙说："快出去!"坚决要求换地方休息。有意思的是，人人称颂的宝姐姐正是践行此联的典范。第三十二回丫鬟金钏儿因受辱于王夫人，被撵后跳井自杀，宝钗听闻后"忙向王夫人处来道安慰"。她心知肚明却闭口不言真相，她说："姨娘是慈善人，固然是这么想。据我看来，他并不是赌气投井。多半他下去住着，或是在井跟前憨顽，失了脚掉下去的。他在上头拘束惯了，这一出去，自然要到各处去顽顽逛逛。岂有这样大气的理。纵然有这样大气，也不过是个糊涂人，也不为可惜。"这番话对乱了方寸的王夫人可谓雪中送炭。接着宝钗又出主意善后："姨娘也不劳念念于兹，十分过不去，不过多赏他几两银子发送他，也就尽主仆之情了。"并主动提供两套自己的新衣服给王夫人，赏给死去的金钏儿做装裹。宝姐姐的人情练达已极，在上位者处和众人面前都做到了八面玲珑。然而这对于以死抗争的金钏儿却是多么大的侮辱啊，在薛宝钗的眼里，一条花季生命死了也不可惜，因为她给主子添了麻烦，不过也不是什么大不了的事，多花几两银子就打发了。如此看来，薛宝钗面热心冷，与她哥哥薛蟠"有钱打死人不当回事"的价值观是一致的。然而这一回的标题就叫"含耻辱情烈死金钏"。作书人给了金钏一个郑重的"情烈",这就是明确的态度。金钏的死对宝玉的打击极大,书中用了"五内摧伤"四个字,后面有专门的回目写宝玉在金钏祭日真情祭奠。一个是冷漠无情、高高在上的"晶莹雪",一个是对生命多情与呵护的"爱花人",这两个人可以说是严重的三观不合。

接着第三十六回二人彻底陌路,宝玉背后骂宝钗:"好好的一个清净洁白女儿,也学的钓名沽誉,入了国贼禄鬼之流……不想我生不幸,亦且琼闺绣阁中亦染此风,真真有负天地钟灵毓秀之德!"这话很严重,宝玉作为"闺阁良友",对女孩温柔体贴从无重话,是婆子们口中"连毛丫头的气都受"的人,却突然如此激烈地批评比自己年长的薛宝钗,可见宝玉对宝钗的为人和品行是多么失望。另外值得深思的是,书中写起因不过是劝他读书上进、仕途经济之类的话,那么骂宝钗追逐名利没什么问题,但又何来"国贼"一说呢?

清代红楼绣像中薛宝钗造像最常用的是"扑蝶",比如改琦《红楼梦图咏》中宝钗页就采用了这一情节。绣像选取的造像情节往往是能展现人物性格的高光时刻,比如"黛玉葬花""晴雯补裘""三姐自刎""元妃省亲"等。然而"宝钗扑蝶"这一情节虽然很有画面感,展现的人物性格却令人深思。原文第二十七回说宝钗看到一双玉色蝴蝶,意欲扑了玩耍,扑着扑着就到了池子中央的滴翠亭,"宝钗在亭外听见说话,便站住往里听",于是听到了亭中管家女儿红玉和小丫头坠儿讲的贾芸、红玉私相授受的秘事。亭中人要开窗查看,宝姐姐为了掩盖偷听的事实,便开始随机应变。这里有一段宝钗的心理描写:"怪道从古至今那些奸淫狗盗的人,心机都不错。这一开了,见我在这里,他们岂不臊了。况才说话的语音儿,大似宝玉房里的红儿。他素习眼空心大,最是个头等刁钻古怪东西。今儿我听了他的短儿,一时人急造反,狗急跳墙,不但生事,而且我还没趣。如今便赶着躲了,料也躲不及,少不得要使个'金蝉退壳'的法子。"她的"金蝉退壳"法就是故意说看到黛玉往这边来,反说亭中人藏

寶釵

宝钗造像
清　改琦《红楼梦人物图册》

了林妹妹,还特地进去找了找。接着宝钗"抽身就走,口内说道:'一定是又钻在那山子洞里去了。遇见蛇,咬一口也罢了。'"然后红玉她们就相信了,对林黛玉颇有忌讳。这一大段关于薛宝钗的描写,哪里有什么贞静淑德可言?先是违背了"非礼勿听",然后"腹议诽谤",接着"栽赃嫁祸"。还偏偏说是黛玉。鉴于她们二人的情敌关系,还要给她加上"心机深重""挑拨离间"。最后说出被蛇咬的话,可谓"不安好心"。这一出"扑蝶"大戏的确称得上是薛宝钗展现性情的名场面。

大观园诗社填柳絮词时,薛宝钗曾说:"柳絮原是一件轻薄无根无绊的东西,然依我的主意,偏要把他说好了,才不落套。"果然最终夺魁。那阙词的最后几句是:

"韶华休笑本无根,
好风频借力,送我上青云!"

如果说贾宝玉就是拥有通灵宝玉的神瑛侍者,那么,林黛玉是为了神瑛侍者"还泪"而来,薛宝钗却是为了金玉良缘"夺玉"而来,而神瑛侍者贾宝玉从一开始就想着"砸玉"。这就不由得让人想到太虚幻境牌坊上"假作真时真亦假;无为有处有还无"的对联,一时感慨万千。

# 第五话 真应怜

菱花空对雪澌澌·香菱

"精华欲掩料应难,影自娟娟魄自寒。"眉心长着一粒胭脂痣,容颜绝俗、温柔静好的香菱是《红楼梦》全书第一个出场的"女儿",她的父亲甄士隐(真事隐)为全书书眼,其在梦中演绎前情,是第一个看到"通灵宝玉"的人。香菱出身清贵,自有禀赋,却历经坎坷,备受摧残和屈辱。尽管如此,她短暂的一生仍难掩诗意的性灵,依然暗香流转。这个王熙凤口里"差不多的主子姑娘也跟她不上"的女孩,绝对是命运悲凉的大观园群芳中最凄惨的一个,正合了她的本名"甄英莲"(真应怜)。

全书第一回交代完《石头记》的缘由后,正式开始讲述关于石头的故事。书说当日"地陷东南",这东南一带有一处叫姑苏的地方,有个阊门城,是红尘中数一数二的富贵风流之地。而这阊门外住着一位乡绅甄士隐,是本地的望族,神仙一流的人品。作书人给了甄英莲与女主角林黛玉相似的人物设定:都是姑苏人、出身清贵;都是父母唯一的孩子,千珍万爱。甄英莲从胎里带来了眉心中一颗米粒大小的"胭脂痣",胭脂是红色的,这难免让人想起"绛珠"来。炎炎夏日,

第一回　士隐抱孩路遇僧道　葫芦庙贾雨村出世

清　孙温绘全本《红楼梦》　第一册四

甄士隐做了个白日梦，梦中有一僧一道，二人谈论绛珠仙草、神瑛侍者要下界投胎的由来，并说让他们夹带着"蠢物"一起去。僧道又说甄士隐与"蠢物"有一面之缘，让他看了一眼"蠢物"，原来"蠢物"就是"通灵宝玉"。甄士隐梦醒后抱着三岁的女儿英莲上街玩耍，又遇到一僧一道，那癞头和尚大哭着向士隐道："施主，你把这有命无运、累及爹娘之物，抱在怀内作甚？"说完便要化她出家（林黛玉也曾说过三岁时有个癞头和尚要化她出家）。甄士隐自然不同意，和尚就念了四句诗："惯养娇生笑你痴，菱花空对雪

（薛家）渐渐。好防佳节元宵后，便是烟消火灭时。"这首诗判定了甄英莲一生的命运。

五岁的甄英莲果然在元宵节后成了被拐儿童，被养到十二三岁时拐子才打算卖了她。公子冯渊一看见英莲就立意买她并发誓不再娶第二个，英莲也自叹："我今日罪孽可满了！"这位冯公子郑重其事，打算三日后将英莲迎娶过门。正在这个命运或许会转变的时机，第二天拐子却一女二卖，又将她卖给了恶霸薛蟠。两家一对头，都不肯让，薛蟠将冯渊打死，把英莲拖去，真正是薄命女偏逢薄命郎！甄英莲的故事引出当官的贾雨村判案，而她的父亲甄士隐正是当年贾雨村赶考时的恩人；而贾雨村又牵引出了《红楼梦》故事中的贾府。这隐约让人猜测甄英莲是全书中一个有重要意义的角色。

到了第七回，甄英莲正式在贾府的故事中登场，此时她已成了薛蟠的妾，改名香菱。原文是："只见香菱笑嘻嘻的走来。周瑞家的便拉了他的手，细细的看了一会，因向金钏儿笑道：'倒好个模样儿，竟有些像咱们东府里蓉大奶奶（秦可卿）的品格儿。'……又问：'你父母今在何处？今年十几岁了？本处是那里人？'香菱听问，摇头说：'不记得了。'周瑞家的和金钏儿听了，倒反为他叹息伤感一回。"第十六回里贾琏与凤姐聊天，也说到香菱："生的好齐整模样……开了脸，越发出挑的标致了。那薛大傻子真玷辱了他。"凤姐道："那薛老大也是'吃着碗里望着锅里'。这一年来的光景，他为要香菱不能到手，和姨妈打了多少饥荒。也因姨妈看着香菱模样儿好还是末则，其为人行事却又比别的女孩子不同，温柔安静，差不多的主子姑娘也跟他不上呢。故此摆酒请客的费事，明堂正道的与他作了妾。过了没半月，也看的马棚风一般了。我倒心里可惜了的。"这样一个美丽温良、有品格的女孩却被蛮横粗傻的呆霸王强占，真是"牛吃牡丹"，而薛蟠又对她毫无怜惜，连旁人都为她叫屈。即便这样，后面的章回里，香菱每次出现还都是嘻嘻笑着开场的。似乎生活的伤害磨难、旁人的嘲笑怜悯，她早就没什么感觉了。或许麻木也是一种自我保护，所以薛宝钗说她"呆头呆脑"的。

然而一味逆来顺受的呆香菱却有自己非常执着的事，那就是进大观园学作诗。第四十八回薛蟠被柳湘

第四十八回　滥情人情误思游艺　慕雅女雅集苦吟诗

清　孙温绘全本《红楼梦》　第十一册七

莲打后羞于见人，借做买卖的理由躲出去走货，香菱得以随宝钗住进了大观园。香菱进园第一件事就是求宝钗："好姑娘，你趁着这个功夫，教给我作诗罢。"宝钗笑道："我说你得陇望蜀呢。我劝你今儿头一日进来，先出园东角门，从老太太起，各处各人，你都瞧瞧，问候一声儿，也不必特意告诉他们说搬进园来。"接着平儿来了，也向香菱笑道："你既来了，也不拜一拜街坊邻舍去？"看得出来薛宝钗是最重视人情世故的，事事有规划；而与香菱同样为妾的平儿也积极扮演好自己的角色，努力在贾府中争得一席之位。只有香菱完全没有这方面的世俗考量，对自己的未来生活毫无思虑。

　　物以类聚，人以群分，与香菱"志趣相投"的人显然是林黛玉。香菱很快就跑到潇湘馆拜林妹妹为师，一心一意借书学诗，以至于废寝忘食。每每读到此处，都令人感动至潸然泪下：一个五岁被拐子拐去，忘了父母姓氏，日日在腌臜残忍中长大，又被薛蟠粗暴糟蹋的女孩，仍然靠着秉性中的真灵，忘情地扑向最纯洁清新的诗意天性！正是"身在沟渠，心向明月"，何等光华难掩的高洁灵魂！所以宝钗口中"越发弄成个呆子"的香菱，林黛玉却认为她是"一个极聪敏伶俐的人"！香菱在大观园中度过了一段自记事以来最珍贵美好的时光。她天天跟着黛玉，系统学习王维、杜甫、李白的诗文，相互探讨前人佳句，然后学着自己写诗，一步一步从"措辞不雅"到"过于穿凿"，直至"诚心都通了仙"，终于在梦中得了佳句："精华欲掩料应难，影自娟娟魄自寒。一片砧敲千里白，半轮鸡唱五更残。绿蓑江上秋闻笛，红袖楼头夜倚栏。博得嫦娥应借问，缘何不使永团圆？"博得众人喝彩："这首不但好，而且新巧有意趣。"并邀请她加入大观园的诗社。可以想象得出香菱那段时间的快乐和畅怀，这才该是她真正归属的世界。所以贾宝玉赞她："这正是地灵人杰。老天生人，再不虚赋情性的。我们成日叹说，可惜她这么个人竟俗了。谁知到底有今日，可见天地至公。"香菱的呆气是她心性中最难能可贵的浑然天真。

在太虚幻境中香菱位列副册第一，她的判词是：

"根并荷花一茎香，平生遭际实堪伤。
自从两地生孤木，致使香魂返故乡。"

册子上画的是一株桂花，下面有一池沼，其中水涸泥干，莲枯藕败。这就是香菱的结局。到了第七十九回至第八十回，薛蟠娶了恶毒悍妇夏金桂，夏金桂百般虐待折磨香菱，挑唆薛蟠几次三番地毒打她，直至彻底抛弃她。香菱虽跟随宝钗去了园中，但终不免"对月伤悲，挑灯自叹"，内外折挫不堪，露出日渐羸瘦病亡之相。令人感慨的是，《红楼梦》故事自香菱始，流传于世的前八十回又至香菱终，这真的是巧合吗？

　　香菱曾"对牛弹琴"般同夏金桂说过一段很感人的话："不独菱花，就连荷叶莲蓬，都是有一股清香的。但他那原不是花香可比，若静日静夜，或清早半夜，细领略了去，那一股香比是花儿都好闻呢。就连菱角、鸡头、苇叶、芦根，得了风露，那一股清香，就令人心神爽快的。"她的忘情及天性中的美好都展露无遗。大观园曾短暂地庇护过香菱这一缕清露暗香，但她终究还是敌不过风雪嘶吼。诚如鲁迅先生所言，悲剧将人生有价值的东西毁灭给人看[3]。

---

[3]出自鲁迅杂文《再论雷峰塔的倒掉》："不过在戏台上罢了，悲剧将人生有价值的东西毁灭给人看，喜剧将那无价值的撕破给人看。"

# 第六话 好事终

情天情海幻情身 · 秦可卿

"画梁春尽落香尘，宿孽总因情。"大观园群芳争艳，十二钗各有千秋，那么究竟谁才是红楼美人之冠呢？贾宝玉梦游太虚幻境时结缘了警幻仙姑（其仙貌：应惭西子，实愧王嫱。瑶池不二，紫府无双）的妹妹，小字"可卿"，她的长相"鲜艳妩媚，有似乎宝钗，风流袅娜，则又如黛玉"。作者直接给了她"兼美"的乳名。这位宝玉梦中的性启蒙对象、贾母口中"生的袅娜纤巧，行事又温柔和平"的宁国府长媳秦可卿，"擅风情，秉月貌"，正是红楼女儿国中的颜值第一人。

　　第五回中宝玉的梦是全文总纲，所有人物的命运都在此提前预判。而这个重要的长梦就是在秦可卿的卧室里做的，原文是："刚至房门，便有一股细细的甜香袭了人来。宝玉便愈觉得眼饧骨软，连说：'好香！'入房，向壁上看时，有唐伯虎画的《海棠春睡图》，两边有宋学士秦太虚写的一副对联，其联云：嫩寒锁梦因春冷，芳气袭人是酒香。"此处有甲夹批："艳极，淫极！已入梦境矣！"唐寅擅长画仕女和春宫；秦太虚即北宋婉约派词人秦观，他写词多男女情爱，纤弱靡丽。此处书画颇有点内涵卧室主人的意思。接着是房内陈设："案上设着武则天当日镜室中设的宝镜，一边摆着飞燕立着舞过的金盘，盘内盛着安禄山掷过伤了太真乳的木瓜。上面设着寿阳公主于含章殿下卧的榻，悬的是同昌公主制的连珠帐。"这室内装饰已经不是简单的奢靡华贵了，每件物品都达到了超级文物的级别，放在一起更加夸张，只能用秦氏自己的话来形容："我这屋子，大约神仙也可以住得了。"而且武则天、赵飞燕、安禄山、杨玉环、寿阳公主、同昌公主，一通历史和传说，真真假假、虚虚实实，总之不离"宫廷情色、皇家秘事"八个字。她还亲自"展开了西子浣过的纱衾，移了红娘抱过的鸳枕"，一会儿又是"西施色诱夫差"的典故，一会儿是"西厢莺莺私会"的典故，就差明说了。于是贾宝玉就在侄儿媳妇秦可卿的这间前无古人、后无来者的卧室里，梦演了红楼梦，结下了幻境情。

在第五回里，警幻仙姑受宁荣二公所托，希望引导嫡孙贾宝玉走正道、重整家门。警幻仙姑为达到目的，采用的方法是让贾宝玉先享受仙界歌舞饮食，领略仙家闺阁云雨，类似于尝遍了世间美景、美事、美人也不过如此，大彻大悟后一心学习上进。这个方法梦中宝玉与警幻之妹柔情缱绻,二人携手出去游玩时遇到迷津恶鬼。吓得宝玉汗下如雨,失声喊叫:"可卿救我!"

第五回　警幻仙曲演红楼梦

清　孙温绘全本《红楼梦》　第二册八

有没有用不知道,但贾宝玉的这个幻境中的性爱对象,名字就叫"可卿"。

秦可卿的生平来历在第八回。书中说他父亲秦业现任营缮郎,一个小官。年近七十,夫人早亡,"因当年无儿女,便向养生堂抱了一个儿子并一个女儿。谁知儿子又死了。只剩女儿,小名唤可儿,长大时,生得形容袅娜,性格风流。因素与贾家有些瓜葛,故结了亲,许与贾蓉为妻。"后来那秦业到了五十多岁又有了亲生儿子秦钟。秦可卿的出身有很多不合理之处,历来为各家学者所探究。比如贾府怎么可能让一个来历不明的弃婴做长房长媳呢?比如秦可卿又为何能拥有明显超越贾府标准的生活配置呢?特别是后面,紧跟着说她父亲为了儿子上贾府私塾的事,"宦囊羞涩,那贾家上上下下都是一双富贵眼睛,容易拿不出来;又恐误了儿子的终身大事,说不得东拼西凑的恭恭敬敬封了二十四两贽见礼,亲自带了秦钟,来代儒家拜见了"。母家如此寒微,秦可卿是如何成为宁荣二府上上下下的团宠,更是成为贾母心中"重孙媳中第一个得意之人"的呢?更别提后面的情节了。这些都是不合逻辑之处,恐怕也正是作者要隐瞒或是要提示读者的地方，毕竟此书流传于文字狱大兴的时代。

小说里有关秦可卿最重要的情节就是她的死。

首先她是怎么死的。大多数版本都写她是没由来病死的，然而书中又有很多碎片式的痕迹保留下来，展现了原作者的细腻设计。特别是秦可卿的太虚幻境画册："后面又画着高楼大厦，有一美人悬梁自缢。"判词："情天情海幻情身，情既相逢必主淫。漫言不肖皆荣出，造衅开端实在宁。"很明显，她的死涉及一个惊天大秘密。秦可卿是自杀的，她的死还是两府衰落的开始！她的《红楼梦》曲叫《好事终》："画梁春尽落香尘。擅风情，秉月貌，便是败家的根本。箕裘颓堕皆从敬，家事消亡首罪宁。宿孽总因情。"仍旧说她的悬梁自尽，是家族败亡的开始。而判词总是和"淫""风月"联系在一起。还有焦大的那句"爬灰的爬灰，养小叔子的养小叔子"石破天惊。靖本第十三回的脂评也有"秦可卿淫丧天香楼，作者用史笔也"的句子。

其次是她死的时候。秦可卿托梦给凤姐警示贾府兴亡："常言'月满则亏，水满则溢'；又道是'登高必跌重'。如今我们家赫赫扬扬，已将百载，一日秦可卿临死托梦王熙凤嘱家族兴衰事。云牌声高报丧音,贾宝玉听到秦氏死了,"喷出一口鲜血",赶去宁国府停灵室痛哭。

第十三回　王熙凤梦会秦可卿　贾宝玉痛哭停灵室

清　孙温绘全本《红楼梦》　第四册四

倘或乐极悲生，若应了那句'树倒猢狲散'的俗语，岂不虚称了一世的诗书旧族了！"并给出了"于荣时筹画下将来衰时的世业"的常保永全的方法，即"趁今日富贵，将祖茔附近多置田庄、房舍、地亩，以备祭祀、供给之费皆出自此处，将家塾亦设于此……便是有了罪，凡物可入官，这祭祀产业连官也不入的。便败落下来，子孙回家读书务农，也有个退步，祭祀又可永继"。

在《红楼梦》中，临死之人托梦的对象往往是心心念念放不下的有情人，比如尤三姐托梦柳湘莲，晴雯托梦贾宝玉。而总是隐约跟"淫丧孽情"有关的秦可卿托梦却是为了"托付家族大事"，她那高屋建瓴的远见卓识和郑重端方的口吻都令人大感意外！而且其托梦对象既不是族长贾珍（她公公），又不是长房长孙贾蓉（她丈夫），也不是宁荣二公看好的贾宝玉，而是王熙凤！"非告诉婶子，别人未必中用"明显表明了她对贾府一干男丁的蔑视。她还留了两句预言：

"三春去后诸芳尽，
　　各自须寻各自门。"

秦可卿的这段托梦情节是继梦演太虚幻境后，对贾府末路的又一次明确预言。靖本里脂砚斋就说过，是自身感动于秦可卿托梦家族后事，为死者隐，让批书人曹雪芹删去了天香楼一节云云。

最后是她死了以后。秦可卿——一个宁国府的小辈儿媳妇，却举办了超高规格的盛大葬礼。贾珍请钦天监阴阳司择日，停灵七七四十九日。请一百零八位禅僧拜大悲忏，超度亡魂；另设一坛于天香楼上，九十九位全真道士打四十九日解冤洗业醮。然后停灵于会芳园中，灵前另外有五十位高僧、五十位高道，对坛按七作好事。宁国府一条街上白漫漫人来人往，花簇簇官去官来。为了秦可卿牌位上好看，贾珍还专门给贾蓉捐了个五品龙禁尉的官；所选用的"帮底皆厚八寸，纹若槟榔，味若檀麝，以手扣之，玎珰如金玉"的樯木棺，是万年不坏、非帝王将相不可用的无价之宝；由王熙凤亲自协理宁国府主持大丧，全府动员；出殡时，六十四名青

第十四回　宁国府秦可卿开丧　贾宝玉路谒北静王

清　孙温绘全本《红楼梦》　第四册七

衣请灵，铭旌上大书"奉天洪建兆年不易之朝诰封一等宁国公冢孙妇防护内廷紫禁道御前侍值龙禁尉享强寿贾门秦氏恭人之灵柩"。一应执事、陈设都现赶新做，无不光艳夺目。路旁彩棚高搭，设席张筵，和音奏乐，都是各家路祭：东平王府、南安郡王府、西宁郡王府、北静郡王府及一众王公大臣都搭棚路祭，北静王水溶甚至亲自换了素服祭拜奠仪。

这哪里像一个五品官夫人的葬礼？几乎超出了普通皇族的规格。这难免让人猜测秦可卿可能拥有尊贵且隐秘的身份，或者是有所影射，毕竟"首七第四日，早有大明宫掌宫内相戴权，先备了祭礼遣人来，次后坐了大轿，打伞鸣锣，亲来上祭"。出殡铭旌上的"奉天洪建"和这里的"大明宫"，以及可以买卖官爵的"内相"太监，都相当扎眼。

秦可卿是个谜，她拥有很多的红楼之最。她是十二钗中颜值最高的女子，是最早拥有结局的女子（十三回就死去了，男女主角的戏份才刚展开），也是死得最风光的女子。她是如此的神秘，从出现到结束总是与梦境相连。影影绰绰、虚虚实实；亦正亦邪、似情似幻，让人雾里看花、水中望月。正是"悲喜千般同幻渺，古今一梦尽荒唐"，仿佛是要警醒世人，却又令观书人身在梦中，如痴如醉。

# 恨无常

第七话

原应叹息大梦归 · 贾元春

"一声震得人方恐,回首相看已化灰。"贾府的四位小姐名字里都有一个"春"字,这是因为大小姐(贾政嫡长女)是大年初一出生,取名"元春",以后的家族女儿就依了大小姐的"春"字取名。贾元春毫无疑问是家族里最尊贵的人,她入宫服侍君王,一朝册封贤德妃,人人敬羡,成为家族维持钟鸣鼎食的保障。元妃的省亲大典荣宠风光至极,犹如爆竹在夜空绽放,绚丽灿烂、震动四方,然而却也终究不过一响而散,转瞬成灰,贾府的荣华富贵如梦一场。元春、迎春、探春、惜春,合起来就是"原应叹息"四字,叹叹。

　　贾元春一出场就同家族荣辱一息共存。第十六回贾政生日,忽然宫里太监来降旨宣贾政入朝,"吓得贾赦、贾政一干人不知是何消息,忙止了戏文,撤去酒席……贾母等合家人等心中皆惶惶不定,不住的使人飞马来往报信"。贾府上下一时都惊惧惶恐,等知道了原来是大小姐晋封凤藻宫尚书,加封贤德妃后,贾母等众人才"心神安定……宁、荣二处上下里外,莫不欣然踊跃,个个面上皆有得意之状"。皇权之下,家族兴衰荣辱,兴于皇恩,也败于皇恩。元春从入宫的第一天起,便注定与普通人的生活无缘。她的一生都与家族命运挂钩,可外人眼中的金尊玉贵又如何抵得过独自在深宫中的寂寞、无奈和凶险?所以省亲时贾府上下人等都夸耀得意,唯有元春本人默默叹息奢华过费,见到母亲和祖母就满眼垂泪,她说:"当日既送我到那不得见人的去处……一会子我去了,又不知多早晚才来!"只管呜咽对泣。又隔帘含泪对父亲说:"田舍之家,虽齑盐布帛,终能聚天伦之乐;今虽富贵已极,骨肉各方,然终无意趣。"颇有悲凉之意。

第十八回　贾政奉旨贵妃省亲

清　孙温绘全本《红楼梦》　第六册十

第十八回　贵妃省亲锦幕挡严

清　孙温绘全本《红楼梦》　第七册一

第十八回　贾母合族迎接贵妃

清　孙温绘全本《红楼梦》　第七册二

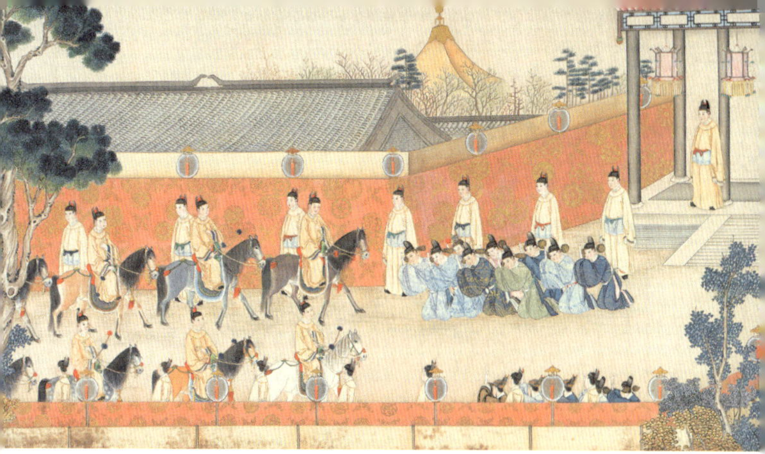

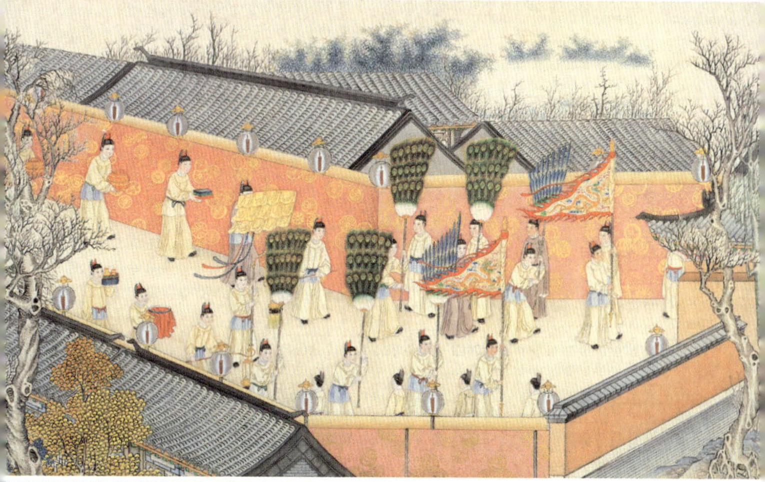

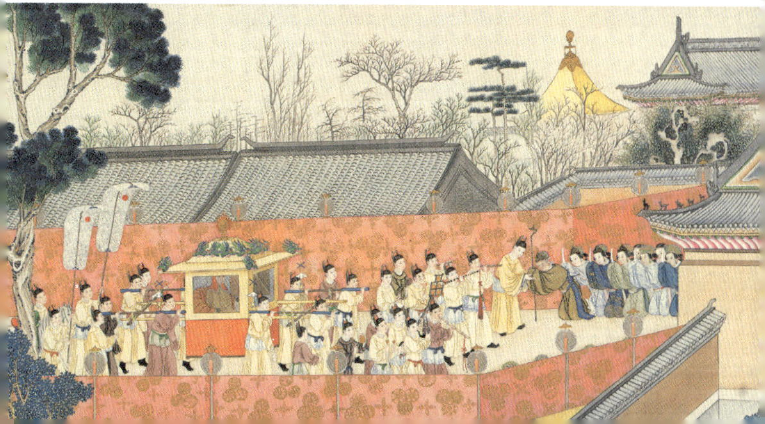

孙温《红楼梦》绘本页与页之间的故事衔接流畅。绘本是以故事情节的展开为画图线索，故事"顷间"的叙事连接可以打破页与页之间的间隔，为观看者营造一种独立叙事的流动空间。元妃省亲情节选用入府时的瞬间，采用"长卷截取形式"来展现叙事的动态。其将这一长卷截取成三幅画面，收入画册，页与页之间一气呵成、故事连贯，在有限的画册空间里给观看者展现了宏大的叙事场景。

　　元妃省亲紧挨着可卿大丧，《红楼梦》作书人花费了大量笔墨来渲染这一白一红两件大事。秦可卿大丧，宁国府当家人贾珍是"如何料理？尽我所能罢了"，纵情恣肆奢华；元妃省亲，荣国府是倾其家财，建造金碧辉煌、美轮美奂的大观园，接着又为一夜省亲豪奢靡费。正与秦可卿托梦预言的一样：眼前就有一件烈火烹油、鲜花着锦一般的喜事。宁荣二府是数不尽的富丽堂皇，享不完的荣华风流，然而常言道"富贵传家，不过三代"，这红白两件大事耗尽了二府的家底。秦可卿已经给出警告："要知道，也不过是瞬息的繁华，一时的欢乐，万不可忘了那'盛筵必散'的俗语。"然而可悲的是，贾府的子孙无人能居安思危，去挽救大厦将倾的命运。"主仆上下，安富尊荣者尽多，运筹谋画者无一……如今外面的架子虽未甚倒，内囊却也尽上来了……这样钟鸣鼎食之家，翰墨诗书之族，如今的儿孙竟一代不如一代了！"

妙的是那为迎接元妃回府省亲而建的大观园正是庇护红楼群芳、展开故事情节的主场所。大观园内的省亲行宫，第十八回使用了极多华丽辞藻："琳宫绰约，桂殿巍峨""庭燎烧空，香屑布地，火树琪花，金窗玉槛。说不尽帘卷虾须，毯铺鱼獭，鼎飘麝脑之香，屏列雉尾之扇"。元春为此写下"衔山抱水建来精，多少工夫筑始成。天上人间诸景备，芳园应锡大观名"的诗句。作书人详细描绘了大观园的位置布局、亭台楼阁、山水路桥，每一处景致和主屋舍乃至家具器物、一花一木都细腻逼真地讲解到了，比如日后宝玉住的怡红院、黛玉住的潇湘馆、宝钗住的蘅芜苑、李纨住的稻香村、探春住的秋爽斋等，让观书人都能了然于胸。

大观园总图[4]

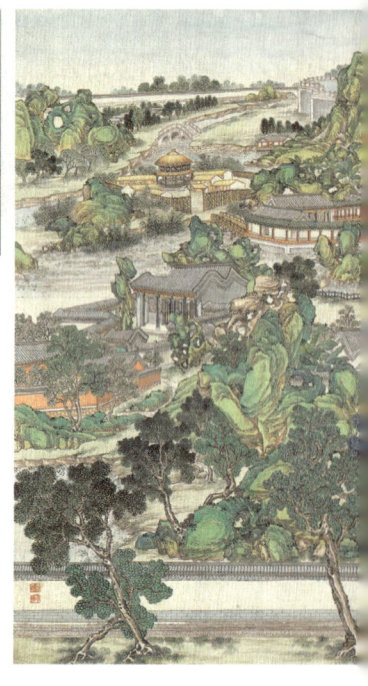

[4]选自光绪广百宋斋《增评补图石头记》铅印本,上海博物馆藏。

一 生 筑 一 梦

大观园全景

清　孙温绘全本《红楼梦》　第一册一

明清以来，小说大多有插图的传统，比如卷首绣像与回目画都是约定俗成的，唯有《红楼梦》小说多了一种特殊的插画：大观园图。清代的红迷们对大观园布局的痴迷已经发展到了为大观园作记、画平面图甚至制作真景的地步。清代孙温的全绘本《红楼梦》一般一回两到三幅画，有时一回一幅，而第十七回"大观园试才题对额"画了十四幅之多，他对大观园的重视可见一斑。嘉庆二十二年（1817年），范锴（苕溪渔隐）的《痴人说梦》刊行中附有"荣国府、大观园平面图"，其中标注了建筑方位的图示，大约是已知最早的大观园图。立信先生在《大观园图记》一文中提到，最早出现大观园图的小说本子是光绪年间上海广百宋斋的《增评补图石头记》铅印本，其中附有《大观园总图》；同文书局石印本也附有《大观园图》。清人根据小说第十七回内容绘制的鸟瞰图，由山水和建筑构成，大部分为界画，遵循了中国传统的散点透视法则。"大观园图"插页在小说中，使观书人能直观体验"金门玉户神仙府，桂殿兰宫妃子家"，空间代入感显著增强，且更有趣味。"大观园图"此后也一直是年画、壁画和其他日常民俗绘画所喜爱的题材。

太虚幻境里元春的画册是:"画着一张弓,弓上挂一香橼。"判词是:"二十年来辨是非,榴花开处照宫闱。三春争及初春景,虎兔相逢大梦归。""虎兔相逢"在不同版本中也写作"虎兕相逢"。在后一版本中,弓是兵器,虎是猛兽,兕是犀牛,"虎兕相逢"给人的感觉是非常凶险的两方冲突、激烈斗争的场景。斗争最后的结果是导致了"大梦归",即元妃之死,这也是贾府势败的缘由。也有学者认为,"虎兕相逢"是隐喻元妃之死的具体时间,并以此推论其具体隐喻的事件和人物。在十二钗中,元春的画册判词历来最让人疑惑,争议颇大。由于元春一生命运深系贾府荣辱,可以肯定的是,她的死一定是前朝链接后宫、后宫映射前朝的结果。

贾元春的《红楼梦》曲是《恨无常》:"喜荣华正好,恨无常又到。眼睁睁把万事全抛,荡悠悠把芳魂消耗。望家乡路远山高,故向爹娘梦里相寻告:儿命已入黄泉,天伦呵,须要退步抽身早!"第十八回"元妃省亲"过程中,元春点了四出戏:第一出《豪宴》,第二出《乞

元春造像
清　改琦《红楼梦人物图册》

一 生 筑 一 梦

元春

巧》，第三出《仙缘》，第四出《离魂》。庚辰本脂砚斋批点了四出戏的出处，并有明确批语："《一捧雪》中伏贾家之败；《长生殿》中伏元妃之死；《邯郸梦》中伏甄宝玉送玉；《牡丹亭》中伏黛玉死。所点之戏剧伏四事，乃通部书之大过节、大关键。"可惜这四件关键的事都在八十回之后，我们无缘得见作书人的精巧构思了。但如果以明皇杨妃兵变马嵬的故事影射元妃之死，可以想象，元妃恐怕不会如续书所写的那样，因体丰痰疾在宫中平淡病死。恐怕是经历了"路远山高"的艰难凶险，甚至是"眼睁睁，把万事全抛"的非正常死亡。贾府亲人在她死亡时和死亡后还并不知晓，所以是"向爹娘梦里相寻告：儿命已入黄泉"。而贾府此时估计也已经难以"退步抽身早"了。

　　第二十二回"制灯谜贾政悲谶语"，眷恋亲情的元春还从宫中送出元宵灯谜让贾府姊妹们猜，同时也让众姊妹制灯谜拿进宫来自己猜着玩。谶语，就是事后应验的话。书中贾政悲的是贾家姐妹的灯谜都不是好兆头。贾元春所作的灯谜是："能使妖魔胆尽摧，身如束帛气如雷。一声震得人方恐，回首相看已化灰。"

原文写道："贾政心内沉思道：'娘娘所作爆竹，此乃一响而散之物。迎春所作算盘，是打动乱如麻。探春所作风筝，乃飘飘浮荡之物。惜春所作海灯，益发清净孤独。今乃上元佳节，如何皆作此不祥之物为戏耶？'"贾政心里越想越难过，不由悲从中来。爆竹的灯谜一语成谶，无论是元春自己，还是看似风光盛大的贾府，一刹那繁华之后，接踵而来的恐怕就是粉身碎骨的危亡。

到了第七十八回，作书人很突兀地插入了林四娘的故事，并且由贾政等贾府长辈正面引导子侄去创作大段诗文褒扬林四娘。此处应该引起观书人的注意。《聊斋志异》中也有林四娘篇，说她是明代衡王府宫女，于衡王府剧变时遇难而亡。宝玉的《姽婳词》里写："纷纷将士只保身，青州眼见皆灰尘。不期忠义明闺阁，愤起恒王得意人。"又写："天子惊慌恨失守，此时文武皆垂首。何事文武立朝纲，不及闺中林四娘！"有些话是骇人听闻的。对林四娘的这一大段咏叹出现时已经接近贾府兴衰临界点的第八十回，而贾元春又与贾府一损俱损，姽婳将军故事的隐喻恐怕值得深思。

贾家儿孙只知享尊荣,不知守家业,一味地坑家败祖,作书人早在小说开始就已经判定了贾府不可扭转的败落结局。就连贾府最辉煌铺张、风光无限的"省亲大典"也是"戌初"才来,"时已丑正三刻请驾回銮"。意思是贾元春晚上才到,夜里凌晨三点前就走。可见再尊贵,再荣华,也终究不过像夜里的昙花一现。正是应了开卷诗中的一句:

"浮生着甚苦奔忙,
盛席华筵终散场。"

# 第八话 分骨肉

千里东风一梦遥 · 贾探春

"才自清明志自高,生于末世运偏消。"荣国府三小姐贾探春,诨名叫"玫瑰花":玫瑰花又红又香人人爱,只是花上的刺扎手。第三回黛玉入府,贾家三姐妹一出场,探春就是最夺人眼球的那个:"削肩细腰,长挑身材,鸭蛋脸面,俊眼修眉,顾盼神飞,文彩精华,见之忘俗。"她为贾政愚妾赵氏所生,又有不成材的兄弟贾环,是"老鸹窝里出凤凰"。她趣味高雅,工诗善书,精明能干,有治世之才。探春也曾立志为贾府力挽狂澜,可惜时运不济、难以回天,最终只落得"清明涕泣江边望",骨肉分离,远嫁异国。

贾探春虽然出场早,但直到第二十七回才有较为正式的笔墨:她让宝玉帮忙从外面带些"朴而不俗,直而不拙"的玩意儿,二人聊到了她生母赵姨娘说的话,探春就动了气,将头一扭说道:"连你也糊涂了!他那想头,自然有的。不过是那阴微鄙贱的见识。他只管这么想,我只管认得老爷、太太两个人,别人我一概不管。就是姊妹弟兄跟前,谁和我好,我就和谁好。什么偏的、庶的,我也不知道。论理,我不该说他,但他特昏愦的不像了!"她言语锋利、行动果敢,

贾探春造像
清　改琦《红楼梦图咏》

与赵姨娘这样的生母划清界限,坚决站在了嫡母王夫人一边,所以后面赵姨娘骂她"拣高枝儿飞"去了。探春写的《簪菊》诗里也有一句"高情不入时人眼,拍手凭他笑路旁",可见三姑娘果然名不虚传。

在大观园中,贾探春的居所叫"秋爽斋"。第四十回里说她"素喜阔朗,这三间屋子并不曾隔断。当地放着一张花梨大理石大案,案上磊着各种名人法帖并数十方宝砚,各色笔筒、笔海内插的笔如树林一般"。可见探春脾气爽快,更是个喜爱书法、有才学的姑娘。再说屋子里的软装饰:"那一边设着斗大的一个汝窑花囊,插着满满的一囊水晶球儿的白菊。西墙上当中挂着一大幅米襄阳《烟雨图》,左右挂着一副对联,乃是颜鲁公墨迹,其词云:'烟霞闲骨格;泉石野生涯。'案上设着大鼎。左边紫檀架上放着一个大观窑的大盘,盘内盛着数十个娇黄玲珑大佛手。右边洋漆架上悬着一个白玉比目磬,旁边挂着小锤。""东边便设着卧榻,拔步床上悬着葱绿双绣花卉草虫的纱帐。"后廊檐下还种着梧桐。探春屋子的色系以白、绿、黄为主,清新淡致;屋内供的是鲜果清菊，用的是旧瓷古铜，配的是紫檀白玉，书画是颜真卿、米芾。可谓追求古意、野趣已极，却也处处显示出主人的品格和与众不同。

大观园著名的海棠诗社就是由探春发起创办的，海棠社定下了"每月初二、十六这两日开社"的规定，由此大观园的姐姐妹妹们开始赏花弄月，吟诗作赋，对景联句，留下了多少佳篇！诗社的那段时光可以说是大观园群芳最快乐美好的日子，也是贾宝玉心中如世外桃源般向往的诗意人生。探春发起诗社时写的花笺上有"风庭月榭，惜未宴集诗人；帘杏溪桃，或可醉飞吟盏。孰谓莲社之雄才，独许须眉；直以东山之雅会，让余脂粉"的句子，文辞优美、品位非凡、不让须眉，所以宝玉拍手喜道："三妹妹高雅。"

第三十七回　贾芸寄书送花宝玉　秋爽斋偶结海棠社

清　孙温绘全本《红楼梦》　第十册一

太虚幻境中探春的判词是：

"才自清明志自高，生于末世运偏消。
清明涕泣江边望，千里东风一梦遥。"

《红楼梦》判词中只有三个人有"才"字，前面我们讲过，一个是林黛玉的"诗书之才"，一个是王熙凤的"理家之才"。这最后一个"才"给了探春，可见作书人对她有多看重。第五十五回王熙凤生病，探春奉王夫人之命代为理家。家仆们想着一个未出闺阁的小姐，素日也平和恬淡，就不当回事。但三四天后，几件事过手，家仆们渐觉探春精细处不让凤姐，只是言语安静、性情和顺而已，说话有理，反而比凤姐更难反驳。于是有管家娘子故意隐瞒祖宗办事旧例，挑唆赵姨娘闹场，要多给弟弟赵国基丧礼赏银。探春被生母逼得伤心落泪，愤而说过一段话："我但凡是个男人，可以出得去，我必早走了，立一番事业，那时自有我一番道理。偏我是女孩儿家，一句多话也没有我乱说的。"她坚持原则驳回了赵姨娘，行事老辣、精明练达，使得一众刁奴再不敢小瞧她。探春树立威信后又发起大观园改革，兴利去宿弊，将园子里的山水田果让下人老妈子各自营收，采用包产责任制，激发积极性，一时颇受下人们的拥戴。王熙凤曾评论过探春："他虽是姑娘家，心里却事事明白，不过是言语谨慎。他又比我知书识字，更利害一层了。"三姑娘有远见，有抱负，有作为，兼有"诗书之才"和"理事之才"，难怪她抽到的花签是"瑶池仙品"。

第五十五回　敏探春兴利除宿弊

清　孙温绘全本《红楼梦》　第十二册六

到了第七十四回抄检大观园，别人都是或茫然，或惊慌，唯有探春"命众丫鬟秉烛开门而待"。她对自己家里抄家的丑态感到悲愤，直接怒诉王熙凤等抄家的人："你们别忙，自然连你们抄的日子有呢！你们今日早起不曾议论甄家，自己家里好好的——抄家，果然今日真抄了。咱们也渐渐的来了。可知这样大族人家，若从外头杀来，一时是杀不死的，这是古人曾说的'百足之虫，死而不僵'，必须先从家里自杀自灭起来，才能一败涂地！"探春是贾府里极少数清醒的人，她对家族前景担忧痛心。而特别热心抄检工作的刁仆王善保家的自恃有邢夫人撑腰，不知趣地在这种时刻招惹探春。探春登时大怒，"啪"地一巴掌扇过去，指着王善保家的大骂："你是什么东西，敢来拉扯我的衣裳！我不过看着太太的面上，你又有年纪，叫你一声妈妈，你就狗仗人势，天天作耗，专管生事。如今越性了不得了。"三姑娘行事坚毅果敢，这一出大戏干净利落。连观书人看了都要拍手叫好："骂得痛快！"

贾探春那支"瑶池仙品"的花签上还有一句诗：

"'日边红杏倚云栽。'注云:'得此签者,必得贵婿,大家恭贺一杯,共同饮一杯。'"作书人为三姑娘安排了一位"如日中天"的青云贵婿。探春的画册画的是:"两人放风筝,一片大海,一只大船,船中有一女子,掩面泣涕之状。"她的《红楼梦》曲叫《分骨肉》:"一帆风雨路三千,把骨肉家园齐来抛闪。恐哭损残年,告爹娘,休把儿悬念。自古穷通皆有定,离合岂无缘?从今分两地,各自保平安。奴去也,莫牵连。"所以大家对于探春结局的探讨都比较一致:远嫁。李纨在探春抽到花签时打趣过"难道又是一个王妃",所以也有和亲之说。探春的元宵灯谜是"阶下儿童仰面时,清明妆点最堪宜。游丝一断浑无力,莫向东风怨别离"。"清明"一词几次出现,或许是远嫁的时间。比较耐人寻味的是远嫁的地点。我国自古以来远嫁、和亲多是西北草原,而探春的画册是"一片大海,一只大船",曲子是"一帆风雨",明显是嫁到了海外的某个地方,这个地方还具有政权。这会是哪里呢?明清两代有哪个海国与某个中土政权会有这样紧密的联系呢?探春远嫁时的出海口会在哪儿?泉州,宁波,还是广州?

显然值得深思。如果《红楼梦》能完结，这些问题自然能得到解答。然而如果《红楼梦》真的完结，我们还能看到这本书吗？后面的章回究竟是遗失了，还是被迫删除了？探春的判词中再次出现了"末世"这个词，真的很难让人视而不见。

宝钗说探春"是个聪敏人"，黛玉说三丫头"倒是个乖人"。在贾府大厦将倾、难以挽回的时刻，探春远嫁或许就是远祸。结局虽然是骨肉分离、亲人难聚，但"自古穷通皆有定"，探春或许还能凭着自己的才能和胆识闯出一片新天地来，再不济也可以逃出那令人绝望、注定沉沦的泥潭。贾探春在诗社里填过一首柳絮词，其中有"也难绾系也难羁，一任东西南北各分离"。大观园最终诸芳落尽、流云消散，正是《红楼梦》作书人心中痛苦而无法更改的结局吧。

## 第九话 率天真

霁月光风耀玉堂 · 史湘云

"神仙昨日降都门，种得蓝田玉一盆""蘅芷阶通萝薜门，也宜墙角也宜盆"。文采斐然的史湘云在第二十回突然空降贾府，几乎没有什么关于其背景的交代，前文也基本没有铺垫，然而似乎贾府的每个人都很熟悉她。在襁褓中时，她的父母便已双亡，但她却潇洒旷达。爱"大说大笑"的湘云常常来贾府客居玩耍，她心直口快、纯真无邪、才思敏捷，是大观园里最活泼开朗、能玩爱疯的女孩，用她自己的话来讲，"是真名士自风流"！就是这样的一个小姑娘，却颇有点魏晋风度，是贾宝玉着意呵护、《红楼梦》作书人偏爱的角色。

第二十回史湘云出场，没有外貌描写，也没有身世叙述，而是直接开口一句话："二哥哥，林姐姐，你们天天一处顽，我好容易来了，也不理我一理儿。"接着哪壶不开提哪壶，直接刺激林黛玉："你敢挑宝姐姐的短处，就算你是好的。我算不如你，他怎么不及你呢。"感觉边上的贾宝玉当时应该脸都黄了。然后又瞎开玩笑："这一辈子我自然比不上你。我只保佑着明儿得一个咬舌的林姐夫，时时刻刻你可听

'爱''厄'去。阿弥陀佛，那才现在我眼里！"果然，平时目无下尘、体弱冷静、动动嘴就能把别人怼得无话可说的林黛玉，立马不淡定地跳起来追打她，欢声笑闹间，场面一度失控。

史湘云是大观园里最爱笑的少女，常常是"拍手笑"，"拿手帕子捂着嘴呵呵的笑"，笑得"撑不住，一口饭都喷了出来"，还有笑得"连人带椅子歪倒了"。她不管在哪儿出现都是气氛担当。第三十一回史湘云第二次出场，她一出现，大家就开始七嘴八舌地回忆她淘气的光辉事迹。宝钗说她曾假扮宝玉骗贾母玩；黛玉说她偷穿贾母的斗篷扑雪人儿，结果一跤栽到沟里；迎春说他睡觉还话多，"咭咭呱呱，笑一阵，说一阵"。史湘云光站在那儿，大家想想就乐个不停了。

就诗才而言，湘云的敏捷可以与黛玉、宝钗媲美。所以当探春发起海棠诗社，大家作了诗后，宝玉突然想到湘云："这社里要少了他，还有什么意思！"于是赶紧让贾母派人去接湘云。她一来就连作两首海棠诗，瞬息而成，文思令众人惊叹！此后只要起诗社，史湘云一定是得力干将，能够贡献大量好词好句。到

第四十九回　琉璃世界白雪红梅　脂粉香娃割腥啖膻

清　孙温绘全本《红楼梦》　第十一册九

了第四十九回"琉璃世界白雪红梅",这一章回诗社又多了李纹、李绮、薛宝琴、邢岫烟四个新人,都是能写诗的,然而作书人仍然给了湘云大量镜头。她先同宝玉要来一块新鲜鹿肉,在芦雪广搞自助烧烤,并说:"我吃这个,方爱吃酒。吃了酒,才有诗。若不是这鹿肉,今儿断不能作诗。"她还怂恿大家都来吃,并自信满满:"我们这会子腥膻大吃大嚼,回来却是锦心绣口。"果然,在随后的赏雪联诗中,宝琴、黛玉、湘云三人成了抢对联句的前三名,过后大家细细评论一回,发现还是湘云联的最多,笑她"都是那块鹿肉的功劳"。

史湘云还特别热心,她会教给丫鬟翠缕超出其认知范围的"天地万物赋阴阳二气所生"的深奥哲理,二人一问一答,作书人借此延伸出一大篇颇有深度的笔墨。湘云也爱教香菱作诗。湘云住在宝钗处,和香菱没日没夜地高谈阔论,什么"杜工部之沉郁,韦苏州之淡雅,温八叉之绮靡,李义山之隐僻"等,所以宝钗笑她二人是"呆香菱之心苦,疯湘云之话多"。到了第六十二回,宝玉、平儿、宝琴、岫烟四人同过

史湘云造像
清　改琦《红楼梦图咏》

生日，大家行"射覆""拇战"的酒令，湘云喝醉了躺在石头上，香梦沉酣，原文是："四面芍药花飞了一身，满头脸衣襟上皆是红香散乱。手中的扇子在地下，也半被落花埋了，一群蜂蝶闹穰穰的围着他。又用鲛帕包了一包芍药花瓣枕着。"这是史湘云的名场面，她娇憨可爱，自有一段天然风流。而湘云此时的梦话都是好酒令："泉香而酒冽，玉碗盛来琥珀光，直饮到梅梢月上，醉扶归，却为宜会亲友。"不禁让人想起她帐中睡觉时也不老实，"一把青丝拖于枕畔，被只齐胸，一弯雪白的膀子撂于被外"。的确是个赤诚的真性情女孩，可谓洒脱不羁、神采飞扬了。

史湘云心直口快，完全没有什么城府，所以她几次与同样率真却更为小心眼儿的林黛玉发生口角。因为宝玉留了金麒麟，湘云夹在宝玉、黛玉、宝钗之间，四个少男少女颇有一些相互比较之意。然而湘云本人是：

"幸生来英豪阔大宽宏量，
　从未将儿女私情略萦心上。"

她被薛宝钗的大方体贴、事事周到所倾倒，当着宝玉的面对袭人说："我天天在家里想着，这些姐姐们再没一个比宝姐姐好的。可惜我们不是一个娘养的。我但凡有这么个亲姐姐，就是没了父母，也是没妨碍的。"对于贾宝玉，她也有和宝钗比较一致的看法："还是这个情性不改。如今大了，你就不愿读书去考举人进士的，也该常会会这些为官做宰的人们，谈谈讲讲些仕途经济的学问，也好将来应酬世务，日后也有个朋友。没见你成年家只在我们队里搅些什么！"看来湘云虽是宝玉最看重的青梅竹马，但并非知己。果然宝玉不满地回嘴："姑娘请别的姊妹屋里坐坐，我这里仔细污了你知经济学问的。"并在湘云、袭人面前公然维护林黛玉。这一回里湘云的言语刺激最终还引发了贾宝玉对林黛玉的明确表白，让小说对四人关系的描写达到了高潮。

然而到了第七十五回中秋夜宴，此时已经接近第八十回，外强中干的贾家大家族没落已然加剧。生病的生病，不来的不来，往日的豪宴热闹不再，"凸碧堂品笛"的贾母倍感凄凉。林黛玉也触景感怀。此时只剩史湘云宽慰她，然后二人便有了非常重要的"凹

第七十五回　赏中秋新词得佳识

清　孙温绘全本《红楼梦》　第十五册五

晶馆联诗"情节。这里湘云有一段话:"可恨宝姐姐,姊妹天天说亲道热,早已说今年中秋要大家一处赏月,必要起社,大家联句,到今日便弃了咱们,自己赏月去了。社也散了,诗也不作了。倒是他们父子叔侄纵横起来。你可知宋太祖说的好,'卧榻之侧,岂许他人酣睡'。他们不作,咱们两个竟联起句来,明日羞他们一羞。"此时向来时刻维护薛宝钗的史湘云,突然用了"可恨"这个词,还是同林黛玉说的,简直惊掉观书人的下巴。而"他们父子叔侄纵横起来""宋太祖""卧榻之侧,岂许他人酣睡"几句可以说是相当突兀了,让人想起那段同样靠近八十回的、非常突兀的林四娘笔墨来。史湘云的态度变化不能不引人深思。

太虚幻境中湘云的画册是:"后面又画几缕飞云,一湾逝水。"判词是:"富贵又何为,襁褓之间父母违。展眼吊斜晖,湘江水逝楚云飞。"她自幼缺爱,又处于比其他姐妹更不得自由的叔父家中,虽是侯门千金,却手头紧张,订了亲"在家里竟一点儿作不得主。他们家嫌费用大,竟不用那些针线上的人，差不多的东西多是他们娘儿们动手"。常常做活做到三更天，累得很。然而从未见她愁过，她总是兴致盎然，乐观地寻找生活中的趣味。湘云的《红楼梦》曲是《乐中悲》："襁褓中父母叹双亡，纵居那绮罗丛，谁知娇养？幸生来英豪阔大宽宏量，从未将儿女私情略萦心上，好一似霁月光风耀玉堂。厮配得才貌仙郎，博得个地久天长，准折得幼年时坎坷形状。终久是云散高唐，水涸湘江。这是尘寰中消长数应当，何必枉悲伤！"这里点明了湘云的婚姻，"厮配得才貌仙郎""准折得幼年时坎坷形状"令人欣喜，似乎湘云获得了十二钗中最好的姻缘。可语气又一转，"终久是云散高唐，水涸湘江"，最终还是个悲剧结局。

大观园是贾府群芳的最后一方乐土，也同样给予了史湘云庇护。大观园里没有史家的礼法拘束，有的是贾母的娇宠，是宝玉和众姐妹的陪伴，是谈文论墨、吟诗作对的畅怀，是远离残酷现实、快乐美好的诗意生活。在红楼人物大悲剧的氛围中，史湘云别具品格，她的"霁月光风"给了观书人丝丝暖意。乐天知命和洒脱达观总是能感染人，正如湘云所说："'阴''阳'两个字还只是一字，阳尽了就成阴，阴尽了就成阳。"

## 第十话 世难容

无瑕白玉遭泥陷·妙玉

"气质美如兰,才华复比仙。天生成孤僻人皆罕。"太虚幻境金陵十二钗正册中有这么一位女子,她与贾家没有任何亲缘关系,然而她的画册判词却能排名第六,仅次于黛玉、宝钗、元春、探春、湘云,地位不凡。此人在前八十回仅正式出场两次,观书人竟然连她的姓氏也无从得知。她出身官宦,自幼出家,却又带发修行,吃喝用度都有高雅洁癖;她自称"畸人"和"槛外之人",却孤高自傲、不合时宜,万人都不入她的眼。她就是妙玉,名字中有个与男女主角一样的"玉"字,可见作书人对她另眼相看。

　　第十八回元妃省亲,王夫人同意专门下帖子请妙玉来主持大观园的栊翠庵,由此带出她的来历:"本是苏州人氏,祖上也是读书仕宦之家。因生了这位姑娘自小多病,买了许多替身儿皆不中用,足的这位姑娘亲自入了空门,方才好了。"看起来妙玉的经历与林黛玉类似。林之孝家的又说她:"文墨也极通,经文也不用学了,模样儿又极好。"到了第六十三回,又通过邢岫烟之口得知,妙玉曾在蟠香寺修行十年之久,后来因"不合时宜,权势不容",竟入了京,还

妙玉造像
清 改琦《红楼梦人物图册》

一 生 筑 一 梦

智能

投到贾府来。第五回妙玉的画册是:"又画着一块美玉,落在泥垢之中。"判词是:"欲洁何曾洁,云空未必空。可怜金玉质,终陷淖泥中。"作书人直接画玉比德,非同一般,十二钗中只有黛玉有此殊荣。贾府千金迎春的判词是"金闺花柳质,一载赴黄粱"。"金玉质"和"花柳质",高下立见。可见妙玉的身世是高贵的。妙玉的性格是"欲洁""云空",而最终的结局却是事与愿违的"不洁不空",陷在尘埃烂泥中度日。可是掉在烂泥里的玉也还是玉,作书人对妙玉的态度很明确。

妙玉第一次出场就相当精彩,第四十一回贾母带刘姥姥逛大观园,众人来到栊翠庵,贾母与妙玉之间有一段关于茶的对话。"贾母道:'我们才都吃了酒肉,你这里头有菩萨,冲了罪过。我们这里坐坐,把你的好茶拿来,我们吃一杯就去了。'妙玉听了,忙去烹了茶来。宝玉留神看他是怎么行事。只见妙玉亲自捧了一个海棠花式雕漆填金云龙献寿的小茶盘,里面放一个成窑五彩小盖钟,捧与贾母。贾母道:'我不吃六安茶。'妙玉笑说:'知道。这是老君眉。'贾母接了,又问是什么水。妙玉笑回:'是旧年蠲的雨水。'"首先贾母知道妙玉这里有好茶,其次妙玉知道贾母的喜好,这就说明二人彼此了解。贾母是富贵一生的享福人,眼界高,喝茶很讲究,所以她要问是什么水。而妙玉父母双亡,投靠在贾家园中栖身,按理说妙玉的饮食应该是贾府提供的,那为什么她能有令贾母都想专门来讨喝的茶呢?假使"老君眉"是绿茶或白茶,那是否还意味着妙玉在贾府之外每年有自己的新茶渠道呢?再者这里讲,"宝玉留神看他是怎么行事",可见妙玉行事有自己的章法,连贾府贵子都想领教领教。而给贾母奉茶用的"填金云龙献寿"茶盘和"成窑五彩"盖钟,是上等的珍品;给其他人用的"一色官窑脱胎填白盖碗"也是非常高端大气的。这一段影影绰绰的描写显得妙玉身上颇有些谜团。

接着就是经典的一段情节,贾母吃了半盏,便笑着递给刘姥姥尝尝这个茶。刘姥姥一口吃尽道:"好是好,就是淡些,再熬浓些更好了。"贾母众人都笑起来,这妙玉就有点不高兴了。她"把宝钗和黛玉的衣襟一拉,二人随他出去。宝玉悄悄的随后跟了来。

只见妙玉让二人在耳房内，宝钗坐在榻上，黛玉便坐在妙玉的蒲团上。妙玉自向风炉上扇滚了水，另泡一壶茶"。妙玉把贾母等人晾在一边，只拉了自己看得上眼的小姐妹喝"梯己茶"。宝玉进来蹭茶，这时伺候妙玉的道婆收了刚才的茶盏，妙玉忙命："将那成窑的茶杯别收了，搁在外头去罢。"宝玉就知道刘姥姥吃过的茶杯，她嫌脏不要了，便说不如送给刘姥姥，也可卖了度日。妙玉听了，想了一想，说道："这也罢了。幸而那杯子是我没吃过的。若是我吃过的，我就砸碎了也不能给他。你要给他，我也不管你，我只交给你，快拿了去罢。"这可是"成窑五彩"啊！俗人喝一口就不屑再要了？成窑就是成化窑，是指大明成化年间景德镇官窑烧制的宫廷用瓷器。明代沈德符的《敝

第四十一回　贾宝玉品茶栊翠庵

清　孙温绘全本《红楼梦》　第十册九

寻轩剩语》记载:"本朝窑器,用白地青花,间装五色,为今古之冠。如宣窑品最贵,近日又重成窑,出宣窑之上。"古人有云:"成窑以五彩为最。"妙玉的"洁癖"可见一斑。宝玉体贴地说,等大家走了,叫几个小幺儿打几桶水来洗地。妙玉还嘱咐他们抬了水搁在山门外头,别进门来。难怪妙玉的《红楼梦》曲叫《世难容》,里面有"天生成孤僻人皆罕。你道是,啖肉食腥膻,视绮罗俗厌;却不知,太高人愈妒,过洁世同嫌"的句子,真的是高贵至极、洁癖过度。

接着作书人细细描绘了妙玉给宝钗、黛玉二人用的杯子:"一个旁边有一耳,杯上镌着'𤬅瓟斝'三个隶字,后有一行小真字,是'晋王恺珍玩',又有'宋元丰五年四月眉山苏轼见于秘府'一行小字。""一只形似钵而小,也有三个垂珠篆字,镌着'杏犀䀉'",然后将"前番自己常日吃茶的那只绿玉斗来斟与宝玉"。宝玉看到就说:"常言'世法平等',他两个就用那样古玩奇珍,我就是个俗器了。"这时妙玉就怼宝玉:"这是俗器?不是我说狂话,只怕你家里未必找的出这么一个俗器来呢。"宝玉很会说话地讨好道:"俗出自《红楼梦古画录》（人民文学出版社，2007.02）。

　　该图描绘了妙玉隔门空观鹤的场景，画面设置了一树疏斜的梅花；门空内有经书蒲团，妙玉手中有佛珠；门空外山石上一丹顶鹤独立。这是画家用景物来展现他心中理解的妙玉"精神气"。红梅是作书人为妙玉设置的，"红梅烂漫"正是妙玉并非心如死灰的证据。鹤是画家用来展现人物意境的道具。在传统文化中，鹤因好栖于山泉野林，不群居，颇合古代君子之隐逸风尚。宋代著名隐士林和靖隐居杭州孤山，养鹤植梅，有"梅妻鹤子"之佳话，因而鹤又象征着清高的隐士之风。妙玉孤标隐世，此鹤独立垂颈的形态确是极好的比拟，也与画面意境较为和谐，让观者深感此画中人物有清雅孤高之处。

**妙玉造像**
清　改琦《红楼梦临本》

话说,'随乡入乡'。到了你这里,自然把那金玉珠宝一概贬为俗器了。"妙玉听了十分欢喜,又寻出一只九曲十八环一百二十节蟠虬整雕竹根的一个大盒出来给宝玉。然后妙玉有一段论茶名言:"一杯为品,二杯即是解渴的蠢物,三杯便是饮牛饮驴了。"众人细细吃了一杯,宝玉的反应是:"果觉轻浮无比,赏赞不绝。"这时黛玉犯了个错误,问了一个在妙玉看来很降格的问题:"这也是旧年的雨水?"引来妙玉一顿冷笑抢白:"你这么个人,竟是大俗人,连水也尝不出来。这是五年前,我在玄墓蟠香寺住着,收的梅花上的雪,共得了那一鬼脸青的花瓮一瓮,总舍不得吃,埋在地下,今年夏天才开了。我只吃过一回,这是第二回了。你怎么尝不出来?隔年蠲的雨水,那有这样轻浮,如何吃得!"如果说前面贾母、刘姥姥喝茶那段,妙玉的举止言行已经令人咋舌了,那这一段的茶具、用水,以及妙玉在她引为可谈之人面前的谈吐做派,简直是要惊掉人的下巴了,这金玉满堂的贾府,在妙玉眼里完全上不了档次。这让人不由得揣测,妙玉何以能如此目无下尘、不拘俗礼。妙玉的父母又

妙玉造像
清　改琦《红楼梦图咏》

是谁？何以养成她这么骄傲高贵的品位，又何以拥有如此多的奇珍异宝呢？作书人半遮半掩，似乎有意吐露隐情。"玄墓蟠香寺"这个词也很显眼，玄墓二字值得探讨。

妙玉对宝玉的感情同样值得研究：刘姥姥喝过一口的茶杯，再贵重都要砸了，却主动给宝玉用自己日用的绿玉斗。对妙玉这样一个有高度洁癖的人来讲，宝玉在她心中的位置恐怕极其不一般。妙玉还一本正经地对宝玉说："你这遭吃的茶是托他两个福，独你来了，我是不给你吃的。"可在后面的章节里，李纨大雪天想要栊翠庵的红梅花插瓶，但"可厌妙玉为人，我不理她"，让宝玉一个人去向妙玉要。宝玉却一要就有了。而且平时有"社恐"的妙玉，过后还看在宝玉的面子上，给大观园诗社的每一位小姐姐都送了梅花。再后来，贾宝玉在生日时，甚至还收到了妙玉亲手写的"遥叩芳辰"拜帖！这一种青灯古殿都无法阻挡的少女情怀，就非常动人可爱了。难怪清代姚评本里姚燮就说过："妙玉于芳洁中别饶春色，雪里红梅，正是此义。"

妙玉第二次出场就已经快接近第八十回了,中秋之夜黛玉和湘云在凹晶馆联诗,不知不觉转出了悲音,黛玉说:"这时候可知一步难似一步了。"作书人此句大有深意。当二人联出"寒塘渡鹤影,冷月葬花魂"

第七十六回　凸碧堂品笛感凄清　凹晶馆联诗悲寂寞

清　孙温绘全本《红楼梦》　第十五册六

时,妙玉突然现身,说道:"有几句虽好,只是过于颓败凄楚。此亦关人之气数而有,所以我出来止住。"然后妙玉请她们到栊翠庵中,亲自提笔,以"夜尽晓来"的诗意大展诗才,想把过于"凄清奇谲"的颓败调子"翻转过来",补齐了三十五韵。黛玉、湘云二人大赞妙玉为诗仙。其中写道:

> "钟鸣栊翠寺,鸡唱稻香村。
> 有兴悲何继,无愁意岂烦。
> 芳情只自遣,雅趣向谁言。"

颇有吐露心声之意。真可叹:"青灯古殿人将老,辜负了红粉朱楼春色阑。到头来依旧是风尘肮脏违心愿,好一似无瑕白玉遭泥陷,又何须王孙公子叹无缘。"

# 第十一话 空牵念

彩云散和花解语·晴雯、袭人

"深庭长日静,两两出婵娟。绿蜡春犹卷,红妆夜未眠。凭栏垂绛袖,倚石护清烟。对立东风里,主人应解怜。"一个是天真任性、宁折不弯的美娇娘,一个是温柔和顺、小意侍候的屋里人。大观园怡红公子贾宝玉的院落里,既有风流灵巧的霁月光,又有体贴守职的解语花,真可谓一时怡红快绿。脂砚斋曾有批语说宝玉这两个大丫鬟:

"晴有林风,袭为钗副。"

晴雯聪明风流、性烈情真,眉眼儿有点像林妹妹;袭人善柔能曲、贤名远扬,行事做派类似宝姐姐。两个人都爱宝玉,但在争取贾宝玉成为妾室的个人问题上,一个是信天命什么都不做,一个是收人心什么都做。怡红院里双峰对立,难免此消彼长。

二人中先出场的是袭人,第三回贾母安排黛玉歇在碧纱橱里,宝玉歇在碧纱橱外,带出"宝玉之乳母李嬷嬷并大丫鬟名唤袭人者,陪侍在外面大床上"。并说这袭人原是贾母的婢女,她最大的优点是"克尽职任"。贾母生恐宝玉身边没有"竭力尽忠"之人,所以让她伺候宝玉。于是袭人成为宝玉除乳母以外的第一大丫鬟。晴雯的名字最早出现在第五回，写宝玉在秦可卿卧房午睡，"众奶母伏侍宝玉卧好，款款散去，只留袭人、媚人、晴雯、麝月四个丫鬟为伴"。在此点明晴雯是宝玉的四个贴身大丫鬟之一。贾府之中，丫鬟主要分两类，一类是家生子，像紫鹃、鸳鸯，是贾府家奴才生的，祖孙几代都在贾府为奴；还有一类如袭人，是因为家贫年幼时被父母卖到贾府，签了死契的。晴雯两种都不是，她是"当日系赖大家用银子买的，那时晴雯才得十岁，尚未留头。因常跟赖嬷嬷进来，贾母见他生得伶俐标致，十分喜爱。故此赖嬷嬷就孝敬了贾母使唤"。可怜她是奴才的奴才，被当作一件小玩意儿送给了贾母，后来贾母又给了宝玉。

袭人的月钱一直是从贾母处领取的，在编制上，她仍算贾母身边的八大丫鬟之一。贾母借调她给幼年的宝玉用，就是因为袭人的业务能力（尽忠职守地侍候主子）强，也可以培训下宝玉屋里的小丫鬟；但晴雯不同，贾母彻底将她安排给了宝玉，并说过"但晴雯那丫头，我看他甚好……这些丫头的模样、爽利、言谈、针线多不及他，将来只他还可以给宝玉使唤得"。

贾母看重的是晴雯的长相、言谈、针线，是备着打算等宝玉大了做屋里人用的。

王熙凤也说过："若论这些丫头们，共总比起来，都没晴雯生得好。"清代画家给晴雯作绣像，最爱选的情节是第五十二回"勇晴雯病补雀金裘"。贾母给了宝玉一件十分珍贵的"哦啰斯国拿孔雀毛拮了线织的"雀金裘，让他第二天赴亲戚寿宴时穿着。宝玉不防后襟子上烧了指顶大的小眼，只能连夜出去找人织补，然而"不但能干织补匠人，就连裁缝、绣匠并作女工的问了，都不认得这是什么，都不敢揽"。晴雯病中挣扎起来，看了说："这是孔雀金线织的。如今咱们也拿孔雀金线就象界线似的界密了，只怕还可混得过去。"麝月说："孔雀线现成的，但这里除了你，还有谁会界线？"晴雯就道："说不得，我挣命罢了。"正是印证了贾母所说的，家里的这些人里，以晴雯的针线手艺最为高超。在古代，女性讲究"德容言工"，女红是很重要的一个衡量标准。病中的晴雯"只觉头重身轻，满眼金星乱迸，实实撑不住。若不做，又怕宝玉着急，少不得恨命咬牙捱着"。无奈晴雯头晕眼

晴雯造像
清　改琦《红楼梦图咏》

一生筑一梦

黑，气喘神虚，补不上三五针，就伏在枕上歇一会儿，直至天快亮时才补好，"嗳哟"了一声，便身不由主地倒下了。这一段非常感人，作书人用了一个"勇"字。晴雯不会甜言蜜语，对待主子贾宝玉，也如家人朋友一样爱怼："拿来，我瞧瞧罢！没那个福气穿就罢了，这会子又着急。"宝玉担心她身体时，晴雯就不耐烦地回嘴："不用你蝎蝎螫螫的，我自知道。"晴雯脾气虽急点，却能掏心掏肺地真心待人，是典型的"刀子嘴豆腐心"。

再如抄检大观园时，所有人都默默地任凭搜检，唯有两个女子直接表达了强烈的不满和反抗，一个是探春，另一个就是晴雯。原文是："袭人等方欲替晴雯开时，只见晴雯挽着头发闯进来，豁啷一声，将箱子掀开，两手提着，底子朝天，往地下尽情一倒，将所有之物尽都倒出。"试问，还有哪个丫鬟能有这样的气魄？所以在大观园的丫鬟中，无论是美貌、才能还是心性，晴雯都是出类拔萃的，这就是贾母选中她为宝玉备妾的原因。

而袭人的高光时刻是第十九回"情切切良宵花解

语"。袭人欲擒故纵，明明早就回绝了她母亲赎她的念头，打定主意要在贾府青云直上，却故意说要离开，逗引得宝玉事事听她的话、随她的意。此后也是动不动就说自己"要走"，以情来要挟宝玉，正所谓"化百炼钢为绕指柔"，言语曲意，这就是袭人的阴柔功夫。情切切花解语、有条有理地说了一晚上的话，袭人就把贾宝玉彻底收服。在第三十二回，湘云说黛玉小性儿，"袭人在旁'嗤'的一笑，说道：'云姑娘，你如今大了，越发心直嘴快了。'"其架桥拨火儿功夫一流，接着又背后议论林黛玉："他可不做呢。饶这么着，老太太还怕他劳碌着了。大夫又说好生静养才好，谁还烦他做？旧年好一年的工夫，做了个香袋儿；今年半年，还没见拿针线呢。"这就是贾母眼里那个"没嘴的葫芦"吗？袭人表现得这么矛盾，可见是

第二十回　宝玉进府茗烟求恕　情切切良宵花解语

清　孙温绘全本《红楼梦》　第七册五

　　孙温绘本中存有"画中画""画中书"现象。其故事情节与原著基本相同,但画家在画面构图、人物活动、环境选择和景物设置等方面进行再创作,融入了自己的生活体验。其中绘画涉及山水、人物、花鸟,大多是假托赵孟頫、文徵明、唐伯虎、郑板桥等元代到清代的名人画家的手笔。书法则用行书、楷书或隶书抄录了唐代至清代著名文人的诗、词、赋、联。书写格式和顺序也因空间的大小、纵横排列的位置不同而随意变化,有的甚至是"移花接木"。

红 楼 人 物 集

个城府深沉的人。

怡红院双姝的成长并未如贾母的最初设想。在外人眼里"那行事儿的大方,见人说话儿的和气,里头带着刚硬要强,倒实在难得"的大丫鬟,在王夫人眼里是"笨笨的倒好"的贤袭人,才第六回就与宝玉发生了"偷试云雨情",这也是前八十回唯一一处贾宝玉有真实性经历的笔墨。原文有一句"宝玉素喜袭人柔媚娇俏",这与其他人眼里的袭人真的是同一个人吗?可见宝玉的奶妈李老嬷嬷虽老迈,却并不昏聩,她曾一针见血地指出袭人"一心只想妆狐媚子,哄宝玉"。可惜没人听她的话。而晴雯却因为"模样儿比别人标致些,又长了一张巧嘴,天天打扮的像个西施样子,在人跟前能说惯道,掐尖要强",成了查抄大观园事件的牺牲品,被王夫人大骂"好个美人!真像个病西施了。你天天作这轻狂样儿给谁看?你干的事,打谅我不知道呢"。王夫人直接判定晴雯是狐狸精、浪样儿,认定晴雯会勾引宝玉干不可描述的事。实际上这两个人反而是清清白白的,真正行下不轨之事的,恰是王夫人所信赖倚重的、"忠厚老实"的袭人,可

第七十七回　俏丫鬟抱屈夭风流

清　孙温绘全本《红楼梦》　第十五册八

见世人并不是真的想寻求真相，他们只相信他们愿意相信的事。而晴雯到死都觉得冤枉："我虽生的比别人略好些，并没有私情密意勾引你怎样，如何一口死咬定了我是个狐狸精？"

　　这二人在前八十回的命运自然是截然相反的。袭人改投了王夫人的门路，进言警惕男女问题、最好将贾宝玉挪出大观园而获得王夫人赏识，王夫人私下提携她以侍妾的月例和承诺。在怡红院里，袭人也是一家独大，"谁不是袭人拿下马来的？"其地位超然，一时春风得意。晴雯却在忍受了精神摧残和屈辱后,病重得"四五日水米不曾沾牙,恹恹弱息",并且"如今现从炕上拉下来,蓬头垢面,两个女人搀架起来去了"。只留着贴身的衣服、顶了个"妖精"的罪名被撵出了大观园。十六七岁的花季年华就被作践得含冤死去。

太虚幻境里贾宝玉最先看的是金陵十二钗"又副册",而晴雯恰列于"又副册"之首。原文是:"首页上画着一幅画,又非人物,亦非山水,不过是水墨滃染的满纸乌云浊雾而已。"后有几行字迹,写道:"霁月难逢,彩云易散。心比天高,身为下贱,风流灵巧招人怨。寿夭多因诽谤生,多情公子空牵念。"霁月是指雨后月出,天晴月朗。古人以"光风霁月"比喻磊落光明的品格;彩云是有纹彩的云霞,寓意纯净美好。合起来就是"晴雯"的名字,可见晴雯是作书人心爱的角色。然而画上只有满纸的乌云浊雾,遮挡了月亮,消散了彩云,正是预示晴雯处境艰难,遭遇不幸。接着就是袭人的册子:"后面画着一簇鲜花,一床破席",也有几句言词写道:

"枉自温柔和顺,空云似桂如兰。
堪羡优伶有福,谁知公子无缘。"

袭人本姓花,这里特地点明"破席"二字,好不尴尬,估计作书人也觉得袭人有些不堪。"枉自""空云"的用词,更是对她暗地里爱"袭击"人、玩阴谋、搞手段的讽刺。而这位贤名远扬、费尽心机抢占了妾位的袭人,在贾府倒台的八十回后却"桃红又是一年春",拍拍屁股另嫁蒋玉菡去了。

晴雯被撵后,宝玉开始疑心袭人,质问她:"怎么人人的不是太太都知道,单不挑出你和麝月、秋纹

第七十八回　痴公子杜撰芙蓉诔

清　孙温绘全本《红楼梦》　第十六册一

来?"又接着挑明:"你是头一个出了名的至善至贤的人,他两个又是你陶冶教育的,焉得还有孟浪该罚之处!"更是指责袭人道:"只是晴雯也是和你一样,从小儿在老太太屋里过来的,虽然他生得比人强,也没甚妨碍去处。就只是他的性情爽利,口角锋芒些,究竟也不曾得罪你们。想是他过于生得好了,反被这好所误。"晴雯死后,宝玉认定她做了芙蓉花神,作了长达千余字的《芙蓉女儿诔》在大观园中祭奠,追忆了自己和晴雯近五年八个月的共同生活的光阴,无限惋惜和赞美"女儿曩生之昔,其为质则金玉不足喻其贵,其为性则冰雪不足喻其洁,其为神则星日不足喻其精,其为貌则花月不足喻其色";又无比激愤地抨击"孰料鸠鸩恶其高,鹰鸷翻遭罦罬;薋葹妒其臭,茝兰竟被芟鉏";甚至发出了"钳诐奴之口,讨岂从宽;剖悍妇之心,忿犹未释"的怒吼。

贾宝玉的《芙蓉女儿诔》是红楼诗词歌赋中最长的一篇,夹叙夹议、连赋带歌,其文采飞扬,感情真挚,寓意深刻,可与林黛玉的《葬花词》并称双璧。"自为红绡帐里,公子多情;始信黄土陇中,女儿命薄!"晴雯已死、袭人将嫁,大观园里愁云四起,红衰翠减;怡红院里痴公子水中望月,空劳牵念。

# 终身误

## 第十二话

冷面郎与美烈娘·柳湘莲、尤三姐

"揉碎桃花红满地，玉山倾倒再难扶！"《红楼梦》开篇即写明"大旨谈情"，其中记述情天情海、闺友闺情，刻画了无数痴男怨女，正所谓"风月宝鉴"。而这其中，以柳湘莲和尤三姐之间凄美的恋情最为惨烈。美烈娘是生前痴心单恋对方五年，非君不嫁；冷面郎是对方自刎后才认明爱人而看破红尘。双方第一次述衷肠竟然是在梦中。悲乎？叹乎？这等情痴情种匪夷所思，似在意料之外却又在情理之中，正所谓：

"堪叹古今情不尽""可怜风月债难偿"。

作书人妙笔生花，令观书人情难自持，心灵受到极大震撼。

《红楼梦》还有一个名字叫"金陵十二钗"，该名取自宝玉在太虚幻境中所见判词图册之名。图册分为正册、副册、又副册，有名有姓的美女至少有三十六位之多，所以这部书的诨名叫"红楼女儿国"。而书中能与贾宝玉才貌相当的"帅哥"并不多。前八十回正式出过场的有四位佳公子，分别是北静王水溶、贾宝玉、柳湘莲、秦钟。有意思的是，在1987

年版《红楼梦》电视剧中，北静王和柳湘莲这两个角色都是由演员侯长荣一人扮演。可见这二人虽然身份、性格差异较大，外形气质却差距不大。北静王水溶和秦钟出场前都交代了明确的身世背景，唯有柳湘莲是突然出现在第四十七回的。贾府老管家赖大的孙子赖尚荣当了官，在自家花园摆酒，请了几个现任的官长和几个大家子弟作陪，其中就有柳湘莲。书中说他最喜串戏，而且串的都是"生旦风月戏文"，贾珍等人慕他的名，酒后就求他串了两出戏。柳湘莲虽是第一次出场，但听宝玉同他说话，就知道他和贾宝玉、死了的秦钟都是极相熟的好友，这点和史湘云的出场很像。原文有解释："那柳湘莲原是世家子弟，读书不成，父母早丧，素性爽侠，不拘细事，酷好耍枪舞剑，赌博吃酒，以至眠花卧柳，吹笛弹筝，无所不为。因他年纪又轻，生得又美，不知他身分的人，都误认作优伶一类。"

这一回的标题就叫作"呆霸王调情遭苦打"。柳湘莲是这一回的绝对主角，人人倾慕；薛蟠席上误认为柳湘莲是风月子弟，丑态毕露。柳湘莲听了"火星乱迸，恨不得一拳打死"，又碍着赖尚荣的脸面，忍了又忍。他用计把薛蟠骗到北门外苇子坑，骂道："我把你瞎了眼的，你认认柳大爷是谁！"才使了三分气力，就把薛蟠打了个半死。薛蟠这么个蛮横不讲理的霸王，有权势、有恶奴、有钱财，从来只有他打别人的份，这一遭却终于挨了苦打，连连讨饶："好老爷，饶了我这没眼睛的瞎子罢！从今以后，我敬你怕你了！"湘莲还道："这样气息，倒熏坏了我！"说着扬长而去。"冷面郎君"真的是好神采！好身手！好不痛快！

　　前八十回柳湘莲总共只出场了两次，第二次出场是第六十六回，居然还与薛蟠一起。原来薛蟠因为挨打躲羞出去经商，到了平安州地界，遇见强盗抢劫，恰逢柳湘莲路过，把贼人赶散，夺回货物，救了他们的性命，薛蟠说："我谢他又不受，所以我们结拜了生死兄弟。"足见柳湘莲之心无邪。他侠肝义胆、武艺高强、英俊多才，这种世家子、游侠儿的形象实在是光彩照人，连作书人的宠儿贾宝玉都难以望其项背。

　　具有这样人格魅力的冷面郎怎能没人爱呢？美艳情烈的尤三姐就出场了。尤三姐是贾珍夫人尤氏的继母与前夫的女儿,是尤二姐的妹妹,全书只出场了三四回,却是一气呵成。第六十三回贾敬食金丹而亡,宁国府大丧,尤氏接了尤老娘等来看家,尤二姐、尤三姐登场。尤老娘靠着贾珍的接济维持着比较体面的生活,贾珍、贾蓉父子垂涎其美色,素日与尤二姐有"聚麀之诮"。有很多观书人认为尤三姐也参与了,其实程乙本中有一段话:"贾珍向来和二姐儿无所不至,渐渐地俗了,却一心注定在三姐儿身上,便把二姐儿乐得让给贾琏,自己却和三姐儿捏合。偏那三姐一般和他玩笑,别有一种令人不敢招惹的光景。"可见尤三姐和贾珍虽然有"挨肩擦脸,百般轻薄"的行为,但并不容贾珍突破底线。后来贾琏偷娶尤二姐为外室,尤老娘、尤三姐也跟着尤二姐住在一起。

到了第六十五回,贾珍打听到贾琏不在家,想乘机摸鱼。贾琏回来后便想将尤三姐与贾珍撮合成事。这里有一段对尤三姐的精彩描写:"尤三姐站在炕上,指着贾琏笑道:'你不用和我花马吊嘴的。清水下杂面,你吃我看。见提着影戏人子上场,好歹别戳破这层纸儿。你别油蒙了心,打谅我们不知道你府上的事。这会花了几个臭钱,你们哥儿俩拿着我们姐儿两个权当粉头来取乐儿,你们就打错了算盘了……'"尤三姐一边说,一边"自己绰起壶来斟了一杯,自己先喝了半杯,搂过贾琏的脖子来就灌,说:'我和你哥哥已经吃过了,咱们来亲香亲香。'"吓得贾琏酒都醒了。贾珍也没想到尤三姐这等"无耻老辣"。弟兄两个本是风月场中的老手,不想反而被这闺阁女子震住。接着作书人写尤三姐"松松挽着头发,大红袄子半掩半开,露着葱绿抹胸,一痕雪脯。底下绿裤红鞋,一对金莲或敲或并,没半刻斯文。两个坠子却似打秋千一般。灯光之下,越显得柳眉笼翠雾,檀口点丹砂。本是一双秋水眼,再吃了酒,又添了饧涩淫浪。不独将他二姊压倒,据珍、琏评去,所见过的上下贵贱若干女子,皆未有此绰约风流者"。兄弟二人已酥麻如醉,口中一句响亮话都没有,不过"酒色"二字。尤三姐自己高谈阔论,任意挥霍洒落一阵,拿他弟兄二人嘲笑取乐作践。一时酒足兴尽,就撵了他兄弟二人出去。原文有一处点睛之笔:"竟真是他嫖了男人,并非男人淫了他。"这一篇笔墨真可谓惊世骇俗!尤三姐那万人不及的风

**尤三姐造像**
清　改琦《红楼梦人物图册》

　　清代的尤三姐绣像，总要围绕她和柳湘莲的定情剑展开。程甲本选的是尤三姐死后成仙与柳湘莲诀别的原典情节，改琦选的是她在门后偷听柳湘莲退亲要剑的谈话，低头拔剑沉吟、一腔欢喜化为悲恨，正要夺门而出的一瞬间。这正是尤三姐自刎前内心激烈斗争的一刻，画中尤三姐的神态、动作和环境都完美地契合于原作。从一定角度而言，此图是改琦《红楼梦图咏》中最优秀的一幅。[5]

[5]陈骁：《清代〈红楼梦〉的图像世界》，浙江工商大学出版社，2015.06。

尤三姐

流标致、泼辣倔强的个性和超越时代的女权思想,都格外耀人眼目。其实她与柳湘莲很像,都是处境潦倒却不愿放弃人格尊严的人。

接着二人便有了交集。尤三姐天天对贾琏、贾珍、贾蓉三人厉言痛骂;挑拣穿吃、打银要金、剪绫撕缎,贾珍、贾琏不但没得手,反而花了许多昧心钱,天天不得安宁,这才愿意将尤三姐聘出。尤三姐目的达到,放出话来:原来她早在五年前就一眼看中了当时正在串戏演小生的柳湘莲,早打定主意非他不嫁。她托姐夫贾琏寻他定亲,并转性吃斋念佛,坚定不移地"非礼不动,非礼不言"起来。可叹这尤三姐真是:"其聪俊灵秀之气,则在万万人之上;其乖僻邪谬、不近人情之态,又在万万人之下。"正是作书人前面感慨过的那一类"亦正亦邪"的人物。继而机缘巧合下,贾琏恰好遇到柳湘莲,定下亲后,给尤三姐带回鸳鸯剑为聘礼。薛蟠还为他们置房子、办东西,一时似乎否极泰来。

然而柳湘莲去找宝玉打听,得知尤三姐是宁国府贾珍的姻亲,立即说:"这事不好,断乎做不得了!

你们东府里,除了那两个石头狮子干净,只怕连猫儿狗儿都不干净。"柳湘莲认定尤三姐也是淫奔无耻之流,不屑为妻,遂上门悔婚,想讨回定情礼鸳鸯剑。贾琏还想争辩,那尤三姐在房内听说,"连忙摘下剑来,将一股雌锋隐在肘后,出来便说:'你们不必出去再议,还你的定礼。'一面泪如雨下,左手将剑并鞘送给湘莲,右手回肘,只往项上一横",直接自刎身死。一道冰冷的剑光刺痛了柳湘莲的眼,这样一个绝色女子为爱情和尊严作了最惨烈的抗争。湘莲抚棺大哭,自悔不及:"我并不知是这等刚烈贤妻,可敬,可敬!"

第六十六、六十七回 情小妹耻情归地府 冷二郎一冷入空门

清 孙温绘全本《红楼梦》 第十四册一

他昏昏默默,想着尤三姐本是良配,"这样标致,又这等刚烈",竟然看见尤三姐捧剑而来,向他哭诉衷情:"妾痴情待君五年矣。不期君果冷心冷面,妾以死报此痴情。妾今奉警幻之命,前往太虚幻境修注案中所有一干情鬼。妾不忍一别,故来一会,从此再不能相见矣。"湘莲不舍,放声大哭,却发现原来身在破庙,仅是一梦,只见到一个瘸腿道士在捕虱。道士说:"连我也不知道此系何方,我系何人,不过暂来歇足而已。"一言点醒梦中人,湘莲听了,冷然如寒冰侵骨。掣出那股雄剑来,将万根烦恼丝,一挥而尽,便随那道士出家去了。清代孙温绘本《红楼梦》在展现这段故事时,将尤三姐自刎、柳湘莲幻境见三姐和柳湘莲入空门三个瞬间按照从右往左的顺序排列。如此一来,单幅图像通过时间并置形成的连续叙事,能让观看者更加感同身受。

"宁可枝头抱香死,何曾吹落北风中。"生命的价值在于热烈地绽放、尽情地燃烧。然而这样激烈的方式让观书人为之叹息,为之流泪。痛快淋漓,却又让人跌足扼腕。正所谓"正邪两赋"有情人,那无所畏惧、随意任性活过的人,那熠熠生辉、舞出恣意无畏剑气的人,是尤三姐,也是柳湘莲。千金易得,知己难求,这一对生死恋人,可谓"终身误"矣。

# 第十三话 老寿星

享福人和留余庆·贾太君、刘姥姥

人生在世，穷达有时。贾太君、刘姥姥两位老寿星在大观园里相会，成就了《红楼梦》全书最欢乐的第四十回。一个为谋生而来，一个为消磨时光，二人却能相互尊重、心意相投，彼此在对方生活里看到了远方。贾太君雍容谦和，"猴子身轻站树梢"，享福人大智若愚、福深还惜福，却也难逃"树倒猢狲散"的家族命运；刘姥姥通达世情，"大火烧了毛毛虫"，拙中藏巧、知恩又图报，终能"花儿落了结个大倭瓜"，保全儿孙。莫论富贵贫贱，也无高下之分，正是："豪华虽足羡，离别却难堪。博得虚名在，谁人识苦甘？"

第四十回"史太君两宴大观园"时，已是入秋时节。从全书来看，正是贾府"月盈而亏"的当口。刘姥姥为了报答凤姐的施舍接济，第二次入贾府，送来了新收获的瓜果土产。贾母偶然听见，于是说："我正想个积古的老人家说话儿，请了来，我见一见。"可见虽然儿孙满堂、众星捧月，多的是家世年龄相当的社交圈，然而"高处不胜寒"，贾太君也有不为亲友儿孙所知的孤独和寂寞。比如之前清虚观打醮，神前拈戏拈到《南柯梦》，原文是"贾母听了，便不言语"。很多事情贾母能感受到，也会担心，但又没法说，她需要一些不一样的人和事来排解愁绪。刘姥姥虽是个庄稼妇，但有丰富的阅历、浓厚的人情味，深知人世的辛酸和不易，正契合此时贾母的心境。我们来看素昧平生的二人见面："刘姥姥便知是贾母了，忙上来陪着笑，福了几福，口里说：'请老寿星安。'贾母亦忙欠身问好，又命周瑞家的端过椅子来坐着……贾母道：'老亲家，你今年多大年纪了？'刘姥姥忙立身答道：'我今年七十五了。'贾母向众人道：'这么大年纪了，还这么健朗。比我大好几岁呢。我要到这么大年纪，还不知怎么动不得呢。'刘姥姥笑道：'我们生来是受苦的人，老太太生来是享福的。若我们也这样，那些庄家活也没人作了。'"刘姥姥不卑不亢，有分寸、明事理，言语有趣。言语之中虽有恭维，但更多的是乐天知命，所谓富人有富人的日子，穷人有穷人的活法。这就别有一种清新朴素的达观，很投贾母的缘。再加上人到暮年，同样在人生最后的阶段，对每况愈下的身体状况的感受和对生命的留恋，不是其他年龄段的人所能体悟的。所以，两个身份地位、品味爱好天差地别的老年人，初次相逢便交谈甚欢。

因为刘姥姥说了句"这是野意儿，不过吃个新鲜。依我们倒想鱼肉吃，只是吃不起"，贾母就热情地留刘姥姥住几天，畅游大观园，体验一下豪门生活。于是第二天刘姥姥就成了贾母的座上宾，逛了潇湘馆、秋爽斋、蘅芜院；参加了两次宴会；游了湖、听了戏；行了酒令、喝了好茶；甚至醉后还睡了贾宝玉的床！用刘姥姥的话来讲，是"把古往今来没见过的、没吃过的、没听见的都经验过了"。也可以说是作书人让刘姥姥带着观书人一同逛、一同看，俗语叫"刘姥姥进大观园"，这也成为《红楼梦》中大众最为喜闻乐见的内容。在这两回中，刘姥姥坦然面对自己艰难的生计，配合鸳鸯、凤姐等人的戏弄，甘当席间的"女篾片"，故意做出各种滑稽笑料，哄得贾府上上下下开怀大笑。而这其中，最尊重这位贫苦村妇的人就是贾母，除了一直尊称"老亲家"，全程也都十分体贴。摆宴的时候王熙凤把刘姥姥的位置摆在后面，贾母就纠正："把那一张小楠木桌子抬过来，让刘亲家近我这边坐着。"刘姥姥被嘲笑，贾母忙解围："凤丫头，别拿他取笑儿。他是乡屯里的人,老实,那里搁得住你打趣他?"刘姥姥摔了跤,众人都拍手哈哈大笑,只有贾母笑骂道:"小蹄子们,还不搀起来,只站着笑!"又问他:"可扭了腰了不曾?叫丫头们捶一捶。"宴会时鸳鸯拿出"黄杨根子整刓的十个大套杯要'灌他十下子'",贾母忙阻止:"说是说,笑是笑,不可多吃了,只吃这头一杯罢。"又道:"慢些,别呛了。"这些都是真心实意的关切。吃点心时,刘姥姥见小面果子玲珑剔透、各式各样,就想打包回家去做花样子。别人听了都笑倒了,唯有贾母笑道:"家去我送你一坛子,你先趁热吃这个罢。"贾母真是有涵养,能够体恤人,惜老怜贫。刘姥姥临走时,贾母更是让鸳鸯收拾了一堆礼物,有众人孝敬她的崭新的衣服、精致的面果子、赠小孩的金锞子荷包和各种治病保命的丸

第四十回　刘姥姥初游潇湘馆

清　孙温绘全本《红楼梦》　第十册六

第四十回　贾母姥姥游紫菱洲

清　孙温绘全本《红楼梦》　第十册七

第四十回　王熙凤摆饭秋爽斋　金鸳鸯三宣牙牌令

清　孙温绘全本《红楼梦》　第十册八

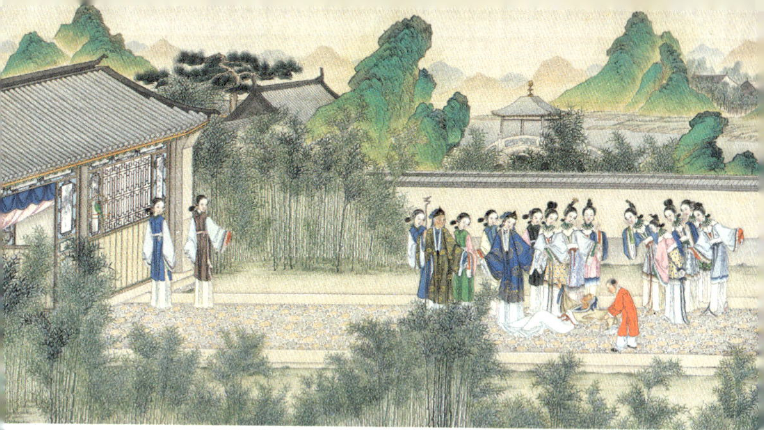
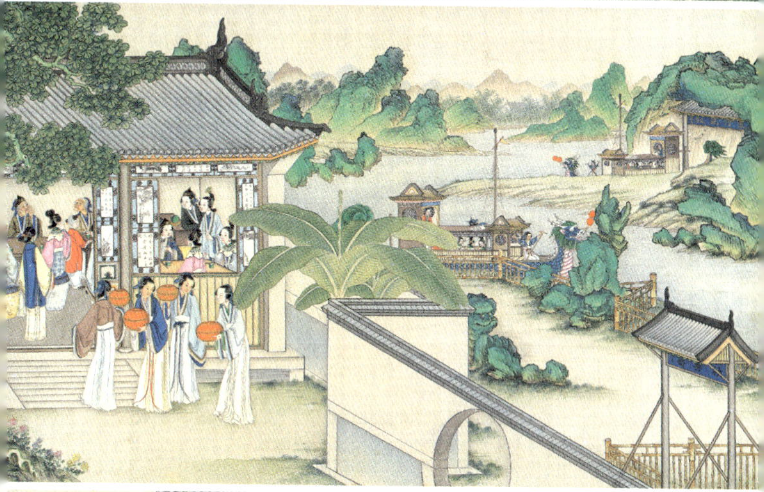
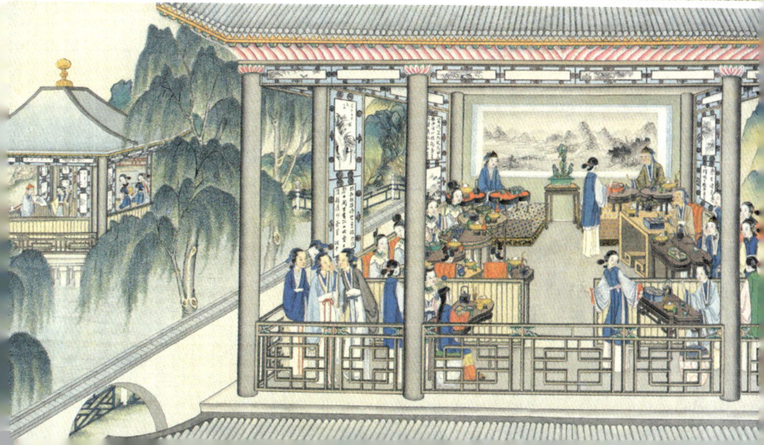

药，都是刘姥姥讨要的或是非常适合老年人用的，可见贾母是真心怜惜她。刘姥姥也一定感受到了贾母的温暖，所以她也打心眼儿里想让贾母开心，同鸳鸯说："姑娘说那里的话？咱们哄着老太太开个心儿，有什么恼的！你先嘱咐我，我就明白了，不过大家取笑儿。我要恼，也就不说了。"

贾太君是这个"钟鸣鼎食之家，翰墨诗书之族"的老祖宗，她从小生在世家大族，一生享受荣华富贵。她把管家权下放给媳妇和孙媳妇，在奢华的贾府中安享晚年。"凡百事情，我如今都自己减了"，整日与小孙子小孙女儿玩乐而已。贾母为人处世率真、睿智，而且独具慧眼，艺术品位高雅，注重生活情趣。在家族命运上，她洞若观火，对贾府的衰败早有知觉。比如第四十六回贾母对着众人生气："你们原来都是哄我的！外头孝敬，暗地里盘算我。"虽然不再管事，但对世家大族的各种人事和利弊了然于心。像前文所说的，王夫人暗定袭人为妾的事，老太太虽然不明里反对，但仍然保持着自己的判断和倾向。到了第五十四回元宵节，贾母就开始对袭人公开指责。贾母说："袭人怎么不见？他如今也有些拿大了，单支使小女孩儿出来。"王夫人忙起身道："他妈前日没了，因有热孝，不便前头来。"王夫人的圆场其实让贾母更生气。贾母点头，又笑道："跟主子，却讲不起这孝与不孝。若是他还跟我，难道这会子也不在这里不成？"点明按理说袭人是贾母屋里的奴才，人事安排应该归贾母管，袭人改走王夫人的路子就是背主。很显然贾母不喜欢袭人给宝玉做妾，这席话也暗藏她对王夫人背后搞小动作的不满。

　　通行本后四十回的续书里，贾母不但拆散宝黛姻缘，转而支持"金玉说"，而且对黛玉十分冷淡、不管死活，这完全不合情理。贾母是双玉爱情的最大支持者。第二十八回王夫人利用元春的地位，在赏赐端午节礼上搞事情，要促成"金玉说"。薛宝钗刚刚"羞笼红麝串"，第二十九回贾母就借张道士提亲，直接驳斥："上回有个和尚说了，这孩子命里不该早娶，等再大一大儿再定罢。你可如今也打听着，不管他根基富贵，只要模样配的上就好，来告诉我。便是那家子穷，不过给他几两银子罢了。只是模样儿、性格儿难得好的。"都是和尚说的，谁怕谁呢？要知道宝钗的年龄比宝玉大，看谁等得起！贾母绝对是立场鲜明、老辣圆滑、不容侵犯的一个人。接着贾母又借宝玉黛玉二人拌嘴，公开抱怨："我这老冤家是那世里的孽障，偏生遇见了这么两个不省事的小冤家，没有一天不叫我操心。真是俗语说的，'不是冤家不聚头'。"一下子在舆论上盖过了薛家特意传播的"金玉说"，以至于后来尤二姐戏言将尤三姐配给宝玉，家奴兴儿就说："只是他已有了，只未露形。将来准是林姑娘定了的。因林姑娘多病，二则都还小，故尚未及此。再过三二年，老太太便一开言，那是再无不准的了。"老太太在家里的地位谁不清楚呢，"金玉说"只能偃旗息鼓，会察言观色的王熙凤自不用说，后来就连薛姨妈都戏说要把黛玉配给宝玉了。

而贾母对于黛玉的真心疼爱更是不用质疑，游大观园时就先去潇湘馆，看到窗上的纱，就说"这个纱新糊上好看，过了后就不翠了。这院子里头又没有个桃杏树，这竹子已是绿的，再拿这绿纱糊上，反不配"。贾母让凤姐找出"如今上用的府纱也没有这样软厚轻密"的银红"软烟罗"给黛玉糊窗子。这段话里能看出贾母是常去黛玉屋子的，将这个宝贝外孙女儿日常生活的细节，一点一滴都放在心上，样样都要给她最好的，让她称心如意。而后面薛宝钗的屋子，她却是第一回去，还很不认同宝钗的趣味，一顿批评整改。后面贾母从探春的屋子出来，就对薛姨妈等说："我的这三丫头却好，只有两个玉儿可恶。回来喝醉了，咱们偏往他们屋里闹去。"这种戏谑的口吻看似贬低，实则是最显亲密的，而且反复二玉并提，大家还有什么不清楚的呢？还有第三十五回薛宝钗当面奉承贾母："我来了这么几年，留神看起来，凤丫头凭他怎么巧，再巧不过老太太去。"贾母就回夸宝钗："提起姊妹，不是我当着姨太太的面奉承，千真万真，从我们家四个女孩儿算起，都不如宝丫头。"听听，"我们家的四个女孩儿"，这是明确把黛玉算在自家人里的。这就好像社交场合总是夸别人家"令郎"优秀，说自己家"小犬"不如之类的话。有人说"四个女孩儿"里或许包括了元春，属实想多了，元春已绝不可能在可以议论的行列了。

关于刘姥姥，《红楼梦》在八十回后显然还应有非常重要的笔墨。第五回太虚幻境中，巧姐的画册是："一座荒村野店，有一美人在那里纺绩。其判曰：势败休云贵，家亡莫论亲。偶因济刘氏，巧得遇恩人。"

预示着王熙凤偶然接济的刘姥姥,成了解救女儿的恩人。巧姐的《红楼梦》曲是:"留余庆,留余庆,忽遇恩人;幸娘亲,幸娘亲,积得阴功。劝人生济困扶穷,休似俺那爱银钱、忘骨肉的狠舅奸兄。正是乘除加减,上有苍穹。"凤姐儿作孽颇多,偶然积下的一点阴功却救了女儿。她其实更应该感谢的是贾太君发自内心、体恤他人的慈爱之心和刘姥姥身上那淳朴真诚、知恩图报的农民本色。如果说贾母携刘姥姥游大观园,是锦上添花的闲趣;那么在贾家树倒猢狲散、亲人间都争相践踏之时,刘姥姥"滴水之恩,涌泉相报",倾囊而出、仗义救人之举,可谓雪中送炭!

刘姥姥与贾太君二人,虽然社会地位悬殊、生活方式迥异,可在过人的见识和人情世故上的炉火纯青,以及谦和、达观、果断和仁义上,却有不少相似之处。贫者,不仇富;富者,不鄙贫。超越世间浮华或贫困的枷锁,都能活得豁达通透。大观园里,两位长寿老人的欢声笑语如此爽朗亲切,犹在耳畔。可叹正如戚序本回前诗所云:

"两宴不觉已深秋,惜春只如画春游。
可怜富贵谁能保,只有恩情得到头。"

# 浊男子

## 第十四话

呆霸王和纨绔儿·薛蟠、贾琏

七八岁的贾宝玉说:"女儿是水作的骨肉,男人是泥作的骨肉。我见个女儿,我便清爽;见了男人,便觉浊臭逼人。"这句话成了整本《红楼梦》中的至理名言。长大后的贾宝玉也常自贬:"天生人为万物之灵,凡山川日月之精秀,只钟于女儿,须眉男子不过是些渣滓浊沫而已。"这是自父系社会"男尊女卑"思想传播以来,中国古代从来没有过的"惊世骇俗"的思想,弥足珍贵。想来这种思想是明末清初社会激烈动荡、家国大变的产物。于是从《红楼梦》开始,就有了一个新词——"须眉浊物"。大家似乎并未将宝玉本人归入此列,然而书中的其余男子大都难逃"须眉浊物"之命。如贾赦、贾珍、贾蓉、贾雨村、贾瑞、贾环、孙绍祖等,不是国贼禄蠹,就是欺世盗名;不是糜烂堕落,就是凶恶歹毒——真的一无是处,简直浑浊不堪。于是红楼女儿们在书中被他们衬托得更加超凡脱俗。这一话我们就来聊聊这其中笔墨较多的两位:呆霸王薛蟠和纨绔儿贾琏。

贾琏是荣国府贾赦的长子,二十多岁。捐了个同知,娶了王夫人的侄女王熙凤,已有四五年。冷子兴

第十七回　贾政游大观园景四

清　孙温绘全本《红楼梦》　第五册七

说他:"也是不喜读书,于世路上好机变,言谈去的。"他住在贾政家里给贾政帮忙,荣府日常事务都由贾琏夫妇料理,只是有了凤姐以后,贾琏"倒退了一射之地"。林黛玉回扬州,贾母一定要贾琏亲自陪去,后来林如海去世、黛玉送葬等事都是贾琏料理,并将黛玉安然带回,可见贾琏还是有才干的。再比如,建大观园是贾府的头等大事,贾政万事不管,放手给贾琏、贾珍。后来贾政临时起兴去视察修建情况,看到房子装修家具都有了,就想问问软装情况,命人去叫贾琏来,问他共有几种,现今得了几种,尚欠几种。只见贾琏"忙向靴桶内取出靴掖内装的一个纸折略节来",看了一看,就回道:"妆、蟒、绣、堆、刻丝、弹墨并各色绸绫大小幔子一百二十架,昨日得了八十架,下欠四十架。帘子二百挂,昨日俱得了。外有猩猩毡帘二百挂,湘妃竹帘二百挂,金丝藤红漆竹帘二百挂,黑漆竹帘二百挂,五彩线络盘花帘二百挂,每样得了一半,也不过秋天都全了。椅搭、桌围、床裙、桌套,每分一千二百件,也有了。"贾琏回答得条理清晰、简洁明白,且过事记录,显然是个有实务才干的人。

所以贾琏看不起同为纨绔公子的表兄弟薛蟠。第十六回平儿说到香菱,贾琏就笑着对凤姐道:"谁知就是上京来买的那小丫头名叫香菱的,竟与薛大傻子作了房里人,开了脸,越发出挑的标致了。那薛大傻子真玷辱了他。"薛蟠,字文龙,是紫薇舍人薛公后裔,幼年丧父,家世富贵,寡母薛姨妈对其溺爱纵容。他倚仗祖父的威名做了个皇商,然而用薛蟠自己的话说,"虽说做买卖,究竟戥子、算盘从没拿过。地土风俗、远近道路又不知道",终日不学无术、大字不识,连"唐寅"也认错。纵使家奴打死冯渊,还要靠着贾府亲戚庇护,只知道天天斗鸡走马,挥金如土,弄性尚气,所以外号"呆霸王"。这样下去很有可能会弄得薛家家业不保,所以贾琏私底下直接叫薛蟠"大傻子"。

当然,贾琏为香菱叫屈也不见得是什么善心好意,因为贾琏虽然看不起薛蟠,可他俩实际上都有同一个毛病——"贪淫好色"。那贾琏在女儿出痘疹、供痘花娘娘需要隔房的几天里,就与仆妇多姑娘勾搭成奸;在凤姐生日宴会的空隙和仆人鲍二家的偷情被抓;在国孝家孝期间,背着父母停妻再娶尤二姐;等尤二姐被王熙凤骗进了府,贾琏"在二姐身上之心也渐渐淡了,只有秋桐一人是命"。最终苦命的尤二姐因不堪凌辱而吞金自尽。真的是见新忘旧、软弱无能!再来看看贾琏找的对象:多姑娘儿是生性轻浮,"满宅内延揽英雄,收纳材俊,上上下下竟有一半是他考试过的";尤二姐是早先与贾珍、贾蓉父子两人不妥在前的;秋桐是他父亲的姬妾,"贾琏每怀不轨之心,只未敢下

第四十四回　变生不测凤姐泼醋　喜出望外平儿理妆

清　孙温绘全本《红楼梦》　第十一册三

孙温绘本《红楼梦》常采用空间和时间并叙的手法，这样可使多个情节集中在一个画面，使故事内容更加饱满。这一幅图描绘了四个段落情节（尤二姐、尤老娘离开；尤二姐、贾琏屋中对话；尤三姐、贾琏、贾珍、尤二姐聚会；仆妇和贾珍、贾琏小厮们的对话），前三者有时间上的延续和空间上的转移，后者与前三者同时发生。画面用楼舍墙树自然分割，建筑则采用界画的形式，人物重复出现。其中尤二姐在同一幅图中就出现了三次。

一 生 筑 一 梦

第六十四、六十五回
浪荡子情遗九龙佩　贾二舍偷取尤二姨　尤三姐思嫁柳二郎

清　孙温绘全本《红楼梦》　第十三册九

手。今日天缘凑巧，竟把秋桐赏了他"。简直叹为观止！所以贾母骂他是"成日家偷鸡摸狗，腥的臭的，都拉了你屋里去"，可见贾琏也是个"下流种子"，他又能比薛蟠好到哪里去？

薛蟠则是警幻仙姑所说的"皮肤滥淫之蠢物"的典型案例。"调笑无厌，云雨无时，恨不能尽天下之美女供我片时之趣兴"，对杀了人抢过来做妾的香菱，"过了没半个月，也看得马棚风一般了"；又好男风又嫖娼，说个酒令都洋相百出，连妓女云儿都笑他："这还亏你天天喝酒呢，难道连我也不及？"刚娶了河东狮夏金桂，就勾搭夏金桂的婢女宝蟾，简直是不堪入目。这二人在肉欲问题上可以说是既庸俗不堪又浪荡无耻，贾琏、薛蟠用"须眉浊物"来称呼都是文雅的了。

然而作书人笔下的人物都是立体而又鲜活的，值得观书人细细咀嚼品味。前八十回花在薛蟠身上的笔墨并不少，越往后看，越能感觉这个"呆霸王"也有他憨直、真性情的一面。比如尤三姐、柳湘莲的事，薛宝钗听了并不在意，而薛蟠进来"眼中尚有泪痕"。说是一听见信儿，就连忙带了小厮们城里城外各处寻找柳湘莲，找不着还哭了一场，第二天请伙计吃饭时还长吁短叹，不像往日那样高兴，饭也吃得无味。可见薛蟠是重情义的，本来满怀喜悦想帮着置房子买东西成亲的，但柳湘莲最终遁入了空门，所以他真心为朋友感到难过。比起薛宝钗的"冷"，薛蟠是"热"的，是看重感情的。再比如贾宝玉挨打后，薛姨妈母女疑心薛蟠是告密者，薛蟠一心想要堵妹妹的嘴，情急之下说破了薛宝钗的忌讳，把薛宝钗气哭了。第二天酒醒后他马上后悔了，不但不计较被冤枉的事，还说了一段很真诚的话："我若再和他们一处逛，妹妹听见了，只管啐我，再叫我畜生，不是人，如何？何苦来，为我一个人，娘儿两个天天操心！妈为我生气还有可恕，若只管叫妹妹为我操心，我更不是人了。如今父亲没了，我不能多孝顺妈，多疼妹妹，反教娘生气、妹妹烦恼，真连个畜生也不如了！"说着还滚下泪来。这是薛蟠对母亲和妹妹真情的流露。

第二十五回宝玉、凤姐被马道婆做法魔魇时，大家乱成一团，也顾不上男女避嫌。当时作书人有一段妙文写薛蟠："别人慌张自不必讲，独有薛蟠更比诸人忙到十分去：又恐薛姨妈被人挤倒，又恐薛宝钗被人瞧见，又恐香菱被人臊皮，知道贾珍等是在女人身上做功夫的，因此忙的不堪。忽一眼瞥见了林黛玉风流婉转，已酥倒在那里。"虽然搞笑，但对自己家人的那一份关心还是很真实的。而且薛蟠出门会记得给母亲、妹妹带两箱子礼物，还特地用夹板捆着绑着怕压坏了。回到家后，他亲自打开献宝，薛姨妈的是绸缎绫锦和洋货，给妹妹的却是些"笔、墨、砚、各色笺纸、香袋、香珠、扇子、扇坠、花粉、胭脂"等物。宝钗正好想要一些东西送人做人情，就非常喜欢薛蟠送的礼物。这些都是薛蟠孝敬母亲、疼爱妹妹的细心之处，蛮汉柔情，总会让人感动。在这点上，薛蟠比贾琏强，贾琏对亲情冷漠，不太关心女儿。所以我总疑心作书人并不讨厌薛蟠，甚至还有点唐僧对八戒式的偏爱。

贾琏虽然缺点明显，但心地不坏，做人也还是有底线的。第四十八回，贾赦看中了石呆子的二十把古董扇子，贾琏费了很多人情找到石呆子想要买他的扇子，许了他每把五百两银子。石呆子穷得连饭也吃不起，却坚决不肯卖。结果贾雨村设法讹他拖欠官银，把人拿到衙门里关起来，把扇子抄了、做了官价给贾赦送来。贾赦便嫌贾琏无用，贾琏说："为这点子小事，弄得人坑家败业，也不算什么能为！"结果就因为这句话被贾赦打得动不了。比起他那个混账老子和平儿口里"半路途中那里来的饿不死的野杂种"贾雨村，贾琏算是个好人了。到了七十二回"来旺妇倚势霸成亲"，王熙凤要将彩霞强配给自己陪房旺儿那"酗酒赌博、容颜丑陋、一技不知"的儿子，贾琏得知实情后愤愤不平，和管家林之孝说："他小儿子原会吃酒，不成人？""既这样，那里还给他老婆，且给他一顿棍，锁起来，再问他老子娘。"但是他耳根子软，又强硬不过王熙凤，最终也没能救下彩霞。再比如，贾琏在色欲问题上虽然不堪，但至少不会像贾赦、贾珍之流去强占明霸，总归还是要你情我愿的。对待尤二姐婚前"已经失了脚，有了一个'淫'字"的问题，贾琏也会将心比心，宽容大度，他说："谁人无错，知过必改就好。"并做到"不提已往之淫，只取现今之善"。而等到尤二姐死后，贾琏悔恨不已，才发现自己放在尤二姐处的体己银子全无了，王熙凤那里又连棺材钱也讨不出。一时间一筹莫展，只知道大哭，连平儿都"又是伤心，又是好笑"，看不下去，偷出一包银子给他，尤二姐才下了葬。这实在是太令人无语了，难怪作书人会蔑视此等"须眉浊物"。

幼年丧父、寡母溺爱、家大业大，原生家庭的教育缺失养成了薛蟠唯我独尊的"呆霸王"性格。薛姨妈本想着借住"诗书礼仪"的贾府，以此教育好薛蟠，可惜"谁知自此间住了不上一月的日期，贾宅族中凡有的子侄，俱已认熟了一半。凡是那些纨绔气习者，莫不喜与他来往，今日会酒，明日观花，甚至聚赌嫖娼，无所不至，引诱的薛蟠比当日更坏了十倍"。那贾琏更是从小没有在虚伪卑鄙的父亲贾赦和吝啬愚蠢的嫡母邢夫人那里得到过亲情呵护和关爱，成婚后的妻子又是个性格强硬、尖酸恶毒的人，且贾琏自己也不学好、不上进，最终一个本来心性不坏的年轻人变得面目全非。

宁荣二府"白玉为堂金作马"的门楣下尽是些肮脏堕落的事，薛蟠和贾琏都不可避免地成长为纵情声色、任性弄气、为所欲为却毫无用处的"银样镴枪头"。贾宝玉的身边尽是些这样的男性长辈、同辈和晚辈，日日耳濡目染，也难怪要发出"我见个女儿，我便清爽；见了男人，便觉浊臭逼人"的感慨了。

# 第十五话

# 剧透谜

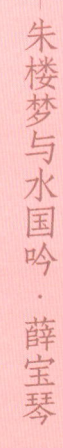

朱楼梦与水国吟·薛宝琴

"昨夜朱楼梦,今宵水国吟。岛云蒸大海,岚气接丛林。月本无今古,情缘自浅深。"第四十九回才现身的薛宝琴,一出场就"万众瞩目",盖过了所有人的风头。薛宝钗心有酸意;林黛玉同她交好;探春说大观园里的这些人总不及她;贾母送她一领金翠辉煌的凫靥裘;湘云说这件衣裳只配她穿,别人实在不配;除夕夜贾氏宗祠的祭祖是借她的视角展开;读过万卷书,行过万里路;年纪虽然小,才华却比众人都高。薛宝琴仿佛是画中美人,又仿佛海外来客,人虽不属于大观园,却也是"汉南春历历,焉得不关心"。或许在作书人眼中,薛宝琴就是那白茫茫一片的大地中唯一怒放的红梅花。

薛宝琴在大观园的严冬隆重亮相,白雪皑皑、粉妆银砌,她披着凫靥裘,站在遥遥的山坡上,身后丫鬟抱着红梅。贾母喜道:"你们瞧,这山坡上配上他的这个人品,又是这件衣裳,后头又是这梅花,像个什么?"众人都说像老太太屋里挂的仇十洲《艳雪图》。贾母摇头笑道:"那画的那里有这件衣裳,人也不能这样好!"贾母一定要惜春把薛宝琴这个艳丽造型一

第五十回　观景远望如艳雪图

清　孙温绘全本《红楼梦》　第十一册十

笔不差地画进"大观园图"里，于是清代以来所有的《红楼梦》薛宝琴绣像无一例外都选了这个场景。贾母觉得宝琴实在好，竟然起了想给宝玉求配之心。薛姨妈说宝琴已经许了梅翰林的儿子，正是上京待嫁。薛姨妈又说："他从小儿见的世面倒多，跟他父母四山五岳都走遍了。他父亲是好乐的，各处因有买卖，带着家眷，这一省逛一年，明年又往那一省逛半年，所以天下十停走了有五六停了。"可见薛宝琴见多识广。她也是皇商出身,却能嫁到清贵博学的翰林家去,她只是短暂停留于贾府。薛宝琴这个角色的标签似乎就是"红梅"和"凫靥裘":作书人让她配的是梅家,造像是白雪红梅,咏的是红梅花;"凫靥裘"也反复出现,甚是显眼。在芦雪广联句时,薛宝琴就有"赐裘怜抚戍"的句子,意思是帝王赐冬衣安抚戍边的将士,用的是《宋史·王全斌传》典故:宋太祖赵匡胤大雪时脱下自己身上的紫貂裘帽,赏赐给王全斌,以示爱惜和安抚戍边将领。这些细节都很值得深思。

描写薛宝琴的笔墨集中在第四十九回至第五十二回。这四回中,作书人全力打造薛宝琴,而她的出场镜头总与作诗联句相关。到了第五十三回、第五十四回,薛宝琴也在场,此后就没了存在感。到了第六十三回宝玉生日抽花名签,该情节预示着大观园各人的命运结局,连麝月都有交代,可薛宝琴的名字虽然在,关于她却没有任何笔墨。只能说可能她根本不属于大观园。周汝昌先生曾考证原本的《红楼梦》应该是一百零八回,而不是通行本的一百二十回。假设确实如此,第五十三回、第五十四回除夕贾府宗祠祭祖和大宴,

薛宝琴造像
清　改琦《红楼梦图咏》

就是全书"烈火烹油、鲜花着锦"前半部的最后章回；从第五十五回"辱亲女愚妾争闲气，欺幼主刁奴蓄险心"开始就是小说的后半部，揭示了贾府急转直下、内斗频繁的状况。那么薛宝琴恰好是前半部最后出现的重要角色：一个不属于大观园却关心着大观园的人；一个空降即得到贾太君万千宠爱的人；一个拥有与大观园群芳悲剧命运截然不同的人。她会是谁呢？

她就是带着"剧透"而来的画中美人。在集中出场的四回里，薛宝琴除了"红梅"和"凫靥裘"，还留下了大量诗句，而《红楼梦》的诗词歌赋大抵是家族或人物的谶语判词。第五十回芦雪广联句，以湘云、宝琴、黛玉三人为主，全篇悲意笼罩，内容还涉及征战。薛宝琴联的前四句分别是"绮袖笼金貂""光夺窗前镜""吟鞭指灞桥""赐裘怜抚戍"。张矩的《应天长·断桥残雪》最后一句是"灞桥外，柳下吟鞭，归趁游烛"，"吟鞭指灞桥"正是惜别亲人、留恋故园故土之意。接着岫烟、李纹、宝琴三人作咏红梅花诗。薛宝琴的诗中就有"闲庭曲槛无余雪，流水空山有落霞"和"前身定是瑶台种，无复相疑色相差"的句子。前一句或许预示着"丰年好大雪"的薛家也"无余雪",但流水空山却多了一朵"红梅花";后一句正对应着红楼的老太君对"海外来客"薛宝琴"红"色的肯定和认同。

第五十一回是"薛小妹新编怀古诗",宝琴一下子就拿出了十首诗。这个篇幅太惊人了,似乎作书人早已如鲠在喉,不得不一吐为快!她道:"我从小儿所走的地方的古迹不少。我如今拣了十个地方的古迹,作了十首怀古的诗。诗虽粗鄙,却怀往事,又暗隐俗物十件。姐姐们请猜一猜。"这十首怀古绝句有地点、历史典故,历来为观书人争论不休。或说是影射红楼人物命运,或说是影射后面情节事件,或说是影射明末清初的真实人物,说法不一。还有说是谜语。但作书人并未给出谜底。所以到底是哪十种俗物,俗物的影射是什么,观书人也都是猜测纷纷,没有定论。可以肯定的唯有其中愁云惨淡、悲雾弥漫的氛围而已。放上第一首感受一下:

《赤壁怀古·其一》
赤壁沉埋水不流,徒留名姓载空舟。
喧阗一炬悲风冷,无限英魂在内游。

孙温的绘本细节非常贴合原著，邢岫烟、林黛玉、薛宝钗、薛宝琴四人围坐潇湘馆，宝玉跟来，边上有一盆薛宝琴送林黛玉的水仙花。该细节显示了画家对原著的熟悉与感悟。

第五十一回　薛小妹新编怀古诗　胡庸医乱用虎狼药　俏平儿情掩虾须镯

清　孙温绘全本《红楼梦》　第十二册一

第五十二回，薛宝琴给大观园中众人带来了外国美人写的"真真国女儿诗"。薛宝琴说："我八岁时节，跟我父亲到西海沿子上买洋货。谁知有个真真国的女孩子，才十五岁，那脸面就和那西洋画上的美人一样，也披着黄头发，打着联垂，满头带的都是珊瑚、猫儿眼、祖母绿这些宝石；身上穿着金丝织的锁子甲，洋锦袄袖；带着倭刀，也是镶金嵌宝的。实在画儿上的也没他好看。有人说他通中国的诗书，会讲五经，能作诗填词。"于是宝琴就请他写了一首诗。这里暗示了明代开海禁、中外文化交流，以及中华文明对海外的巨大影响。宝琴特地强调在"在南京收着呢，此时那里去取来？"黛玉又说她扯谎，此处颇可品味。然后宝琴就念了这首五言诗，第一句就是著名的"昨夜朱楼梦，今宵水国吟"。"朱楼梦"就是"红楼梦"，已经是"昨夜"的事，过去了，今天有的只是"水国吟"，颇有历史兴亡之叹。第二句"岛云蒸大海，岚气接丛林"，描写了岛国美丽的海岛景色，气象万千，却也有一点孤独迷茫。第三句"月本无今古，情缘自浅深"，开始抚今思昔，追忆往事如梦，所谓"古人不见今时月，今月曾经照古人"。第四句"汉南春历历，焉得不关心"。此句突出一个"汉"字，故国南方春天的种种景色如在眼前，怎能不让人无限怀念、黯然神伤呢？典出北朝庾信《枯树赋》："昔年种柳，依依汉南；今看摇落，凄怆江潭。"正是表达对故国的怀念。众人都称赞那外国美人："难为他！竟比我们中国人还强。"那么这个岛国究竟在哪里呢？按照判词来看，深受作书人喜爱的贾探春也是嫁去了海岛国，才避免了贾府大厦倾倒后的悲惨结局，这就很值得探讨了。

比起红楼其他塑造的多面立体人物，哪怕是出场很少的妙玉，薛宝琴却更像个纸片"画中人"。她似乎是大观园的旁观者，作书人的一个谜语，留下诗词咏叹，为观书人带来《红楼梦》后半段故事的"剧透"。薛宝琴或许就是那岛国的外国美人，她孤悬海外，思念着汉南故国曾经的春色。而此时故乡已经变成了天地间一片白茫茫、寒气逼人的雪国，而她就如同一株怒放的红梅花，仍然保持着明亮的"朱红"颜色。"烹茶冰渐沸""埋琴稚子挑"，令大观园群芳自愧不如。

# 结语

　　本书所引用《红楼梦》原文皆出自作家出版社郑庆山先生的《脂本汇校石头记》。该书是整合现存较早的脂评抄本甲戌本、己卯本、庚辰本和列藏本做前八十回的底本,再以程甲本做后四十回底本,并校以其他九个本子,综合汇勘而成。第五十三回,作书人写除夕夜薛宝琴"初次"进贾府宗祠,细细打量:"黑油栅栏内五间大门,上悬一块匾,写着是'贾氏宗祠'四个字,旁书'衍圣公孔继宗书'。两旁有一副长联,写道是:'肝脑涂地,兆姓赖保育之恩;功名贯天,百代仰蒸尝之盛。'亦衍圣公所书。进入院中,白石甬路,两边皆是苍松翠柏,月台上设着青绿古铜鼎彝等器。抱厦前,上面悬一九龙金匾,写道是:'星辉辅弼。'乃先皇御笔。两边一副对联,写道是:'勋业有光昭日月，功名无间及儿孙。'亦是御笔。"而通行本中此处的"衍圣公孔继宗书"改成了"特晋爵太傅前翰林掌院事王希献书"；"亦衍圣公所书"也改成了"也是王太傅所书"。"衍圣公"是孔子嫡长子孙的世袭封号，明景泰三年（1452年）晋正一品，一人之下，万人之上，是"天下文官首，历代帝王师"。"孔继宗"名字为虚构，对应开篇的年代不可考。值得注意的是：贾府宗祠里"衍圣公"的题额，在"先皇"御笔之前。正所谓朝代可以更替，但以儒家为主导的中原文化地位不可改变。这在当时有敏感之处，或许正是通行本修改此处的原因。而这贾府宗祠的规格陈设、匾额对联，细读令人深思。原文说香烟弥漫，所以供的神主看不真切。实在是妙！蒙回本此回回前总批语云："噫！文心至此，脉绝血枯矣。是知音者。"叹叹。

"红学"中探佚和索隐《红楼梦》背后故事的研究，自清以降可谓弦歌不绝，比如潘重规先生的《红楼血泪史》就认同蔡元培先生"吊明之亡，揭清之失"的思路，其中有《民族血泪铸成的红楼梦》一文，细节不论，大的方面就秉承了"贾王薛史"是"家亡血

第五十三回　宁国府除夕祭宗祠

清　孙温绘全本《红楼梦》　第十二册三

一　生　筑　一　梦

史"的观点。他认为通灵宝玉隐射"传国玺",而"传国玺的得失即政权的得失"。在总领全书的第一回中,甄士隐听见跛足道人对癞头和尚说:"你我不必同行,就此分手,各干营生去罢。三劫后,我在北邙山等你,会齐了,同往太虚幻境销号。"僧道二人携着通灵宝玉并一干风流孽鬼下世,是去陪同绛珠仙子、神瑛侍者历劫的,所以这里提前约好时间、地点,要会齐了人(这一世死后)再去警幻仙姑处销号。这颇有点《封神榜》的味道,脂砚斋也曾说原书最后有个情榜。"三劫"大约就是"三春",《红楼梦》全书故事大约也经历了三次春夏秋冬,甲戌本此处有眉批:"佛以世谓'劫',凡三十年为一世。三劫者,想以九十春光寓言也。"总之是时间概念。而"北邙山"就是红楼中诸位"正邪两赋"角色的最后魂归地。白居易有诗说"北邙冢墓高嵯峨",此山位于河南省洛阳市北,黄河南岸,是秦岭余脉、崤山支脉,为历朝帝王的魂归处,自东周至北宋合计有八十余座帝王陵,形成了邙山帝王陵群。而其中多有亡国之君,如蜀汉后主刘禅、南陈后主陈叔宝、南唐后主李煜等,更重要的是这里还有一座南明帝陵。

假如以南明永历十六年(即公元1662年。这年春夏,永历帝被吴三桂处死,李定国病死,郑成功病死;

第一回　甄士隐梦中见僧道

清　孙温绘全本《红楼梦》　第一册三

冬，鲁王朱以海病死）往回推"九十春光"，恰为明朝万历元年（1573年）。万历朝不正是明代由盛而衰的时期吗？"白骨如山忘姓氏，无非公子与红妆"，回想脂砚斋的批语"凡野史俱可毁，独此书不可毁"，细思令人毛骨悚然。所谓木石前盟，大约是前朝故事；看着金玉良缘，却到底意难平。正如贾探春所言："可知这样大族人家，若从外头杀来，一时是杀不死的。这是古人曾说的'百足之虫，死而不僵'，必须先从家里自杀自灭起来，才能一败涂地呢！"文至此处，恰好看到书案上放着顾诚先生《南明史》的最新版本，新加了一个醒目的小标题："内斗就要亡国，亡国也要内斗！" 这或许也是《红楼梦》作书人最沉痛、最深刻的体悟。

张爱玲先生说过："《红楼梦》未完还不要紧，坏在狗尾续貂成了附骨之疽——请原谅我这混杂的比喻。"文本差距自不用说，竟然连那"依文绘图"的清代孙温绘全本《红楼梦》前八十回和后四十回都有明显差异：前八十回人物俊俏、线条细腻、画风柔美，画面以绿色为主基调；而后四十回人物比例偏大，手法粗犷，整体改用赭黄色调。实非出自同一手笔。

作书人在第一回就明确了此书来历传承:"空空道人……方从头至尾抄录回来,问世传奇。(从此空空道人)因空见色,由色生情,传情入色,自色悟空,遂易名为情僧,改'石头记'为'情僧录'。至吴玉峰题曰'红楼梦'。东鲁孔梅溪则题曰'风月宝鉴'。后因曹雪芹于悼红轩中披阅十载,增删五次,纂成目录,分出章回,则题曰'金陵十二钗'……至脂砚斋甲戌抄阅再评,仍用'石头记'。"《红楼梦》就像我国古代很多小说一样,在岁月流逝中由集体创作而成。然而观书人决不可忘记,那最初成文的空空道人(情僧),他或是他们,呕心沥血写成如此巨作,是想留下些什么,希望后人了解些什么。

陈　骁<br>
于龙须山山麓森和居<br>
壬寅大暑节日写讫

## 图书在版编目（CIP）数据

一生筑一梦：红楼人物集 / 陈骁著；（清）孙温，陈月绘 . -- 南昌：江西美术出版社，2024.10. -- ISBN 978-7-5480-9919-2

Ⅰ . I207.411

中国国家版本馆 CIP 数据核字第 2024A5P967 号

出品人：刘　芳
责任编辑：姚屹雯　肖　杰
装帧设计：韩　超　胡文欣
责任印制：谭　勋

陈骁 ◎ 著
〔清〕孙温　陈月 ◎ 绘

YISHENG ZHU YIMENG: HONGLOU RENWU JI

| 出　版： | 江西美术出版社 |
| --- | --- |
| 地　址： | 南昌市子安路 66 号 |
| 邮　编： | 330025 |
| 电　话： | 0791-86566274 |
| 网　址： | www.jxfinearts.com |
| 经　销： | 全国新华书店 |
| 印　刷： | 武汉精一佳印刷有限公司 |
| 版　次： | 2024 年 10 月第 1 版 |
| 印　次： | 2024 年 10 月第 1 次印刷 |
| 开　本： | 787 毫米 × 1092 毫米 1/32 |
| 印　张： | 7.125 |

ISBN 978-7-5480-9919-2
定　价：68.00 元

本书由江西美术出版社出版。未经出版者书面许可，不得以任何方式抄袭、复制或节录本书的任何部分。（版权所有，侵权必究）
本书法律顾问：北京天驰君泰（南昌）律师事务所　黄一峰

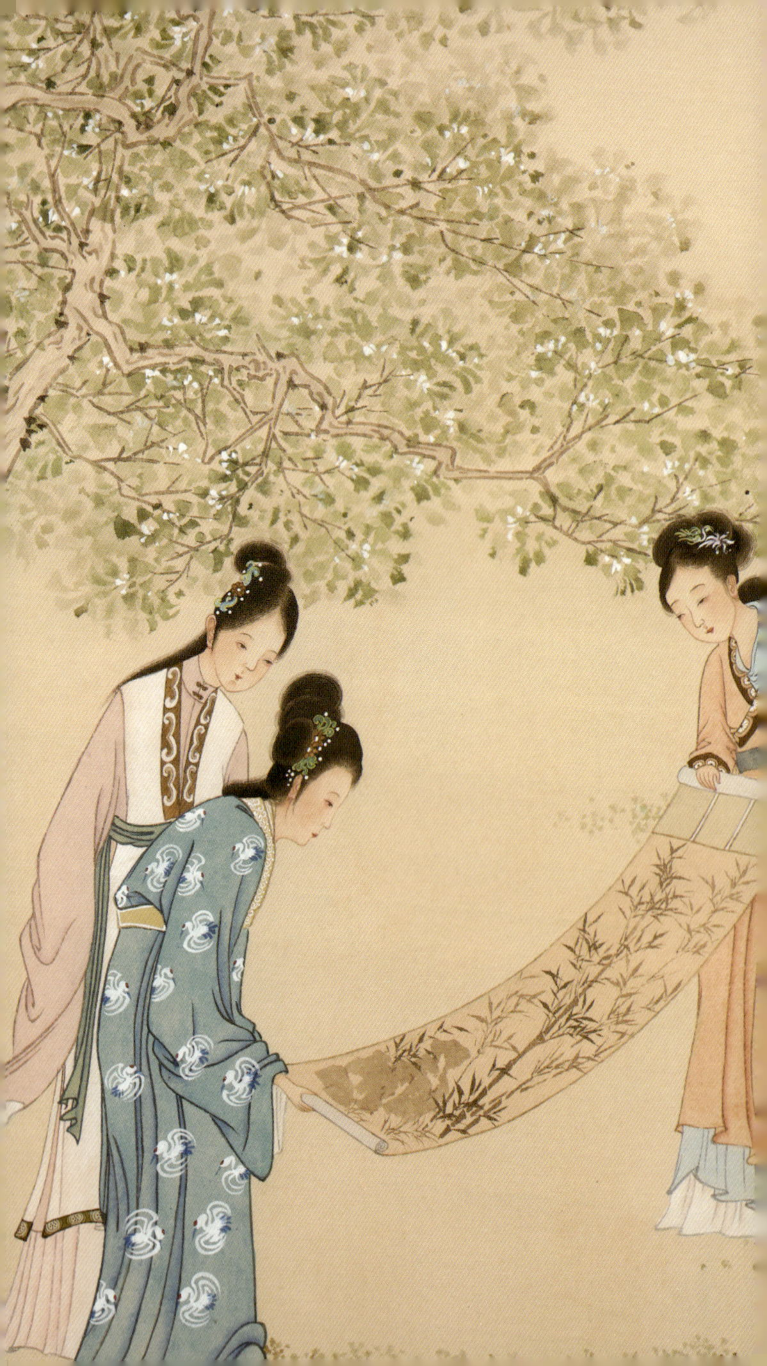